Hochzeit, Ehe und andere Apokalypsen

1. Auflage

Erstausgabe August 2017

Copyright © 2017

Bernd Daschek, Ringstraße 108, 12105 Berlin

Alle Rechte vorbehalten!

Herausgeber: Bernd Daschek

Covergestaltung: Tuula Schneider

Illustrationen: Tuula Schneider

Lektorat & Korrektorat: A. E. Eiserlo, Bernd Daschek, Claudia Hahn, Claudia Wieland, Dorothe Reimann, Ilka Sommer, Tuula Schneider

Autoren: A. E. Eiserlo, Bernd Daschek, Claudia Wieland, Dorothe Reimann, Erik Huyoff, Ilka Sommer, J. A. Heger, J. B. Niedermayr, Marion Kreft, Manuela Efthimiadis, Mila EnWood, Micaela Daschek, Nicole Weiche, Ray Yannick Allgaier, Sam Freythakt, Sandra Karin Foltin, Tuula Schneider

ISBN-13: 978-3-96220-002-2

Dieses Buch ist auch als E-Book erhältlich.

Für Nicki und für Sandra,
denn wer JA sagt, muss auch heiraten …
Ihr habt es getan, seid Teil unseres Teams.
Ja, Team – traut euch auch mit Männern!

Mögen eure Ehen die Kunst des effektiven
Partnerrecyclings umschiffen und immer einen
sicheren Hafen ansteuern!

Schreibgruppe-Prosa

Vorwort

Hochzeit, Ehe und andere Apokalypsen! Dieses Buch ist wie eine Hochzeitsgesellschaft: immer anders, immer neu und immer außergewöhnlich. Eine facettenreiche Auswahl an Geschichten: humoristisch, sentimental, fantasievoll, leidenschaftlich und spannend wie die Liebe selbst.

Der Bund fürs Leben wird in all seinen Phasen durchleuchtet; vom Kennenlernen und Verlieben über das Verlieren, Wiederfinden und Festigen bis zum Entschluss, diesen gemeinsam zu beenden. Was ist der Kitt, was das Lösungsmittel dieses ehernen Versprechens?

Abenteuer Ehe aus dem Blick unserer Autoren. Lassen Sie sich überraschen und staunen Sie über das Ergebnis! Für ein unbeschwertes Lesevergnügen durchliefen die Geschichten noch ein Lektorat und Korrektorat, damit das Motto der Schreibgruppe-Prosa: »Alles für den Leser!«, auch umgesetzt wird.

Inhaltsverzeichnis

Geburtshilfe

Bernd Daschek

Meine Frau hat eine Eigenart. Immer wenn Probleme spezieller Natur auf sie zukommen, wünscht sie von mir, abgelenkt zu werden. Die Durchfahrt eines Tunnels meistert mein Eheweib am besten, wenn ich ihr eine Erotik-Geschichte erzähle. Klaustrophobischen Anfällen in Aufzügen oder beim Besuch von U-Boot-Innereien beuge ich mit geschichtlichen Anekdoten vor. Manchmal baue ich zu meiner Belustigung Unfallerzählungen ein. Dies hat jedoch zur Folge, dass oft die Voraktivitäten für etwas ausbleiben, worüber ich nun berichten möchte: die Umsetzung der Familienplanung.

Die 20-jährige Übungsphase, in der ich keinen Gedanken an die Nachwuchsproduktion verschwendete, ging ihrem Ende entgegen. Da es jetzt keinen sooo großen Unterschied machte, ob man es zielgerichtet oder einfach zum Spaß tat, bereitete es auch solchen. Tja, aber dann kamen die nächtlichen Fragen nach Gummibären oder anderen essbaren Dingen, die sich nicht im Haus befinden durften.

Der perfekte Mann ging daraufhin zur Jagd; schwang sich aufs Motorrad und erbeutete in regelmäßigen Abständen solch Getier an irgendeiner Tankstelle mit Nachtschalter. Ich nahm meine Pflichten sehr ernst.

Natürlich auch die Bitte meiner Frau, unbedingt am Tage der Geburt abgelenkt zu werden. Dass diese nicht ganz einfach werden würde, stand nach der pränatalen Schätzung eines 4-Kilokindes recht bald fest. Der Bauch meiner sonst sehr schlanken Gattin nahm die Form eines Behaim-Globus in Originalgröße an. Schon wusste ich, wie Frauchen sich auf etwas anderes konzentrieren konnte. Sie musste alle Hauptstädte der Welt auswendig lernen, die ich dann während der Geburt abfragen würde.

Lang ersehnt kam nun dieser Tag, besser der sehr frühe Morgen, als die geplatzte Fruchtblase das Ehebett vollsaute. – »Bloß nicht gehen!«, lautete die ärztliche Anweisung für diesen Fall. Obwohl das Krankenhaus nur wenige hundert Meter entfernt lag, machte ich also den Wagen startklar. Bei der Geburt unserer Kinder kommt es jedoch magischerweise dazu, dass dabei einer verletzt wird. Bei diesem Kind wollte jemand partout die Hofausfahrt nicht freigeben. Trotz meiner Erklärung, ja, meines Flehens, fuhr er seine Karre einfach nicht weg. Wer nicht hören will, muss fühlen! Das unausweichliche Brillenhämatom, das dem Kontakt seiner Nase mit dem Autodach folgen würde, wirkte sicher auch nachhaltig, verschaffte aber zunächst freie Fahrt.

Fürsorglich verzichtete meine Frau auf das Tragen ihres aufgeblähten Körpers meinerseits und ging die verbliebenen zehn Meter zu Fuß.

Am Krankenhaus angekommen, ging es los. Der richtige Mann war gefordert, als seine Frau im Rollstuhl hineingebracht wurde. »Lettland?«

»Riga! Mach's schwerer, da war ich schon!«, kam die prompte Antwort.

»Gut, Burkina Faso?«

»Uhg! Das hat so … Ja, das ist gut. Es zwickt nämlich gewaltig. Warte! Ouagadougou! Keine Ahnung, ob ich das jetzt richtig ausgesprochen …«

Seltsame Blicke des Krankenhauspersonals konnten wir noch ignorieren, die Frage eines Arztes jedoch nicht: »Darf ich Sie abtasten?«

Nur stellte er diese zeitgleich mit meiner nach Wales. Ich kannte die Schwächen meiner Frau. Afrika geht noch, aber unabhängige Landesteile, da musste sie oft passen, weshalb der Arzt zu hören bekam: »Machen Sie, was Sie wollen! Sie sehen doch, dass ich mich konzentrieren muss!«

So verliefen die folgenden 11 Stunden. Tiranaaaa hörte sich während einer Presswehe richtig bedeutend an.

Dann passierte es. Das erste, was unsere Tochter auf dieser Welt zu hören bekam, als ihr 4,1 kg schwerer und 56 cm großer Körper diese erblickte, war: »Kathmanduuuuuu!«

Die Menge der *Us* hätte jetzt aber jedes Format gesprengt, daher die Kurzform. Und nein, es hat beim Kind nicht zu einer Sehnsucht nach Nepal geführt.

Der gute Bosch

Dorothe Reimann

Gerlinde Schmidt kam in die Küche, in der ich auf sie wartete. Wie jeden Morgen öffnete sie mich und nahm die Milch heraus, stellte sie auf den Tisch und schaltete den Wasserkocher an. Dann schlurfte sie in das Badezimmer. Die alte Dame war wirklich nicht mehr gut zu Fuß, weigerte sich jedoch strikt, einen Rollator zu benutzen. Nach einer Weile kehrte sie zurück, und mir blieb nichts anderes übrig, als den Kompressor anlaufen zu lassen. Sie erschrak, blickte nach links und rechts, um dann festzustellen, dass meine Tür immer noch offen stand. Natürlich bin ich kein nagelneues Modell eines Kühlschranks, aber warum einen Schaden riskieren? Und meine Auswahl an Geräuschen ist nun einmal beschränkt.

Als Wilhelm Schmidt damals sein Alkoholproblem hatte und nachts heranschlich, um an die Flasche Korn zu gehen, lernte ich, meine Türangeln quietschen zu lassen. Das half, seine Frau wachte dann auf und schimpfte mit ihm. Das muss nun schon dreißig Jahre her sein.

*

Ich war ein Geschenk zu ihrer Hochzeit. Groß, schwer und weiß, so musste ein Kühlschrank damals sein. Dass mich auch noch Firma Bosch hergestellt hatte, erhöhte nur die Begeisterung aller. So kurz nach dem Krieg, wer konnte sich da so etwas leisten? Ach, was war die Familie stolz, als die Monteure mich bei den Schmidts aufstellten, einen Kühlschrank wie viele. Woher es kam, dass ich eines Tages an der Welt teilnehmen konnte, in der Lage war, zu beobachten, zu hören, Schlüsse zu ziehen und zu denken, ist mir nicht bekannt. Es war schon einigermaßen seltsam, doch ich begann schnell darüber nachzudenken, was mich von den Geräten in meiner Umgebung unterschied. Da gab es tote Dinge, die Menschen und mich, der von jemandem erschaffen worden war. Einem Erbauer, dessen Name auf meiner Tür prangte: Bosch. Hatte er dafür gesorgt, dass ich denken konnte? Sehen und hören?

Erst nach einiger Zeit sammelte ich genügend Informationen, um zu wissen, was Gefühle waren, doch fühlen oder nachempfinden war mir nicht möglich.

*

Herr und Frau Schmidt bildeten ein süßes Paar: er, groß und dunkel, den Kopf voller Locken, und sie, blond und schmal, ein wenig kränklich, aber voller Leben. In den ersten Monaten nach ihrer Hochzeit war alles eitel Sonnenschein; das winzige Häuschen, das sie hier in diesem kleinen Städtchen bewohnten, strahlte Glück aus. Doch dann schien es, als wolle das Schicksal ihnen eine Prüfung auferlegen. Bei den Familienfeiern hörte ich die Leute reden. Sie standen in der Küche, deshalb konnte ich alles hören. Ich bin ja kein neugieriger Kühlschrank, aber vieles bleibt mir nicht verborgen. Die Leute tratschen eben immer, und in der Küche versammelt man sich gern.

»Ist sie denn jetzt mittlerweile schwanger?« Die Cousine schenkte sich noch ein Glas Wein nach. Sie war schon leicht angetrunken, denn normalerweise fragte man nicht nach so etwas – und schon gar nicht, wenn Mannsvolk anwesend war.

Ihre Tochter Katja schüttelte den Kopf: »Nein, es will wohl nicht klappen.« Sie machte eine bedauernde Geste, indem sie die Schultern hochzog.

Ein Nachbar, der eigentlich eine Flasche Korn holen wollte, nahm das zum Anlass, sie von hinten zu umarmen, was ein großes Gekreische zur Folge hatte.

»Lass mich los, Bernhard! Du bist verlobt!«

Er grinste: »Aber Antje ist nicht hier! Sie liegt mit Migräne im Bett!«

Unter großem Gewese schaffte es Katja, den Mann von sich fernzuhalten. »Du bist betrunken, Bernhard! Geh zu den Männern und nimm den Korn mit!«

Beleidigt schob der Zurückgewiesene ab, und das Gespräch nahm wieder seinen Lauf: Kinder, die neuen Vorhänge, das Alter von Großtante Agathe und ihre Krankheiten.

Als die Feier zu Ende war und die beiden Eheleute aufräumten, schien es mir, dass Gerlinde doch ein wenig geknickt war.

Auch ihr Mann bemerkte dies und sprach sie darauf an.

»Ach, Wilhelm, soll es denn nicht sein? Werden wir nie Eltern werden?«

»Ich kann es dir nicht sagen, Gerlinde. Wir müssen abwarten.«

Sie nickte, enttäuscht und hoffnungslos.

So vergingen die Jahre, und auf den Familienfeiern wurde nicht mehr über Kinder geredet. Natürlich, wenn es Geburten in der Familie gab, dann wurde dies kurz erwähnt, aber nur in gedämpftem Ton.

Das Ehepaar Schmidt lebte sein Leben ohne Kinder, und es war kein schlechtes. Er arbeitete auf dem Bau, es gab viel zu tun, und Gerlinde half in einem Lebensmittelmarkt aus.

Sie hatten bald genug Geld, um sich ein Auto zu leisten, eine kleine BMW Isetta, mit der sie gerne sonntags ins Grüne fuhren.

Die Zeit verging, doch ich merkte, dass die beiden nicht glücklich waren. Zu Anfang hatte Gerlinde ihrem Mann noch Brote bestrichen, mit viel guter Butter darauf, und sie am Vorabend in mich hineingelegt. Doch nun schmierte sie diese, wenn überhaupt, lieblos und legte kein frisches Obst mehr dazu. Morgens stand sie nicht mehr mit ihm auf, sondern blieb im Bett, bis ihr Mann das Haus verlassen hatte. Die Flasche Korn in meiner Tür wurde schneller leer, als ich schauen konnte.

Mittlerweile brachte sich Wilhelm den Schnaps selber mit, denn Gerlinde weigerte sich. »Ich kaufe dir keinen Sprit, Wilhelm! Das geht so nicht!«

»Sag mir nicht, was ich tun soll, Frau! Ich trinke, was ich will und wann ich will! Und jetzt geh vor dem Fernseher weg, ich will Fußball sehen!« Damit war das Gespräch erledigt, und ab diesem Moment redeten die beiden kaum noch miteinander.

Vormittags, wenn Wilhelm arbeitete, kam gelegentlich Katja vorbei, die ihre Tochter mitbrachte; ein kleines Geschöpf von vier Jahren, deren Lieblingsbeschäftigung es war, meine Tür zu öffnen und zu schließen. Die ganze Zeit. Und sie freute sich jedes Mal, wenn ich ihr einen eisigen Windhauch entgegen schickte. »Hui«, rief sie dann, »der Bosch atmet, Mama!«

Katja und Gerlinde saßen meist auf der Küchenbank, unterhielten sich über Wilhelm und manchmal auch über Katjas Mann. Gerlinde sah mit einem wehmütigen Blick auf die Kleine, während Katja mitleidig auf Gerlinde schaute.

»Ach, ich werde alt, Katja!«

»Du bist gerade mal fünfunddreißig, das ist nicht alt!«

»Oh doch. Alt und unfruchtbar. Mit einem Säufer geschlagen. Ich möchte nicht mehr sein.«

»Gerlinde, du bist zu negativ! Man kann doch auch ohne Kinder …«

»Ich wollte aber welche! Und Wilhelm auch! Warum, glaubst du, trinkt er?«

Katja schwieg.

Während ihre kleine Tochter meine Tür ununterbrochen mit einem »Hui!« öffnete und schloss, dachte ich darüber nach, warum Wilhelm trank. War es nur deswegen? Oder lag es daran, dass Gerlinde ihn immer wieder anschrie? Die Informationen reichten nicht, um eine Antwort zu finden.

*

Es muss einige Jahre später gewesen sein, als Gerlinde einen Anruf erhielt: Auf Wilhelms Baustelle sei etwas geschehen; ein Kran wäre umgefallen. Dieser habe Wilhelm und einen anderen Kollegen unter sich begraben. Der Kollege sei noch am Unfallort verstorben, während man Wilhelm schwer verletzt in ein Krankenhaus gebracht habe.

Gerlinde kochte gerade Marmelade ein, als der Anruf sie erreichte. Sie ließ alles stehen und liegen und machte sich auf den Weg. Das war schrecklich für mich, konnte ich doch sehen, dass sie den Gasherd angelassen hatte. Zwar nur auf kleiner Flamme, aber es würde nicht lange dauern, bis der Obstbrei verkocht sein würde, und dann? Vor meinem geistigen Auge stand bereits das Haus in Flammen, mit mir als geschmolzener Haufen Schrott darin, da klapperte erneut die Tür. Kam Gerlinde zurück? Tatsächlich! »Ich Dummerchen, jetzt hätte ich beinahe das Haus abgefackelt!« Sie drehte den Herd aus und verschwand wieder.

Ihren Mann hatte es übel erwischt, aber die Ärzte meinten, er würde nach einer Weile vollständig geheilt sein.

*

Wilhelm kam nach seinem Unfall schnell wieder auf die Beine. Schon nach einem halben Jahr ging er wieder arbeiten, nachdem man ihn zu einer Kur geschickt hatte. Dort stellte er sich auch seinem Alkoholproblem und ihm wurde geholfen.

An Kleinigkeiten merkte ich, wie die Jahre vergingen. Eine meiner Gummidichtungen wollte nicht mehr so recht halten. Manchmal, wenn Gerlinde die Tür öffnete, hing sie traurig herunter. Doch auch wenn Wilhelm ab und an von einem moderneren, energiesparenden Kühlschrank sprach, so wehrte sie ab: »Der gute Bosch! Wir haben ihn schon so lange, und da ist das Beste noch nicht von!« Gerlinde ließ sich auf nichts ein. Was wäre auch mit mir passiert, wenn sie mich ausgetauscht hätten? Auf die Deponie hätten sie mich gebracht, auseinandergenommen und entsorgt, davon hatte Wilhelm gesprochen. Das nannte man dann Recycling. Da lief es mir eiskalt den Rücken hinunter, obwohl ich ein Kühlschrank bin, und nachts, wenn ich allein mit mir war, dachte ich darüber nach, wie es wohl wäre, nicht mehr zu sein. Auch wenn es mir an Menschlichkeit mangelt, stelle ich mir dennoch die Frage nach dem Sein, dem Sinn meiner Existenz.

Doch nicht nur bei mir wurde über die Zeit hinweg das eine oder andere Teil locker. Gerlinde schien ab und an auch einige Probleme zu haben. Sie war mittlerweile siebzig, vergaß oft, was sie wollte, stand dann in der Küche und wirkte hilflos. Oder sie kam vom Einkaufen und hatte die wichtigsten Dinge vergessen. Wilhelm tat, als bemerke er davon nichts, und sie versuchte, es vor ihm geheim zu halten. Wenn ihr ein Missgeschick in seiner Gegenwart passierte, spielte Gerlinde es herunter.

Eines Tages machte sie mich sauber. Ich bin ja nicht mit Gefühlen ausgestattet, doch ich muss zugeben, es stellte mich zufrieden. Alles wurde herausgeräumt, dann wurde ich mit Essigreiniger geputzt. Innen und außen. Während Gerlinde wischte, redete sie vor sich hin. Das befremdete mich, aber ich bin nur ein Kühlschrank. Menschen machen manchmal die seltsamsten Dinge.

»Weißt du, ich merke das ja. Ich bin nicht mehr so schnell wie früher. Manchmal laufen meine Beine einfach so davon, ohne dass ich davon weiß. Dann finde ich mich irgendwo wieder. Und ich vergesse. Das weiß ich. Immer wenn ich in die Stadt gehe und jemanden treffe, hoffe ich, dass mir der Name einfällt. Katja, du sagst ja gar nichts. Bist du böse?«

Katja? Katja war überhaupt nicht da. Ich war mehr als verwundert und ließ ein wenig kalte Luft ab.

»Schau Katja, der Kühlschrank, mein guter Bosch, ist auch in die Jahre gekommen, hier unten rostet er schon und da ist ein Gummi nicht mehr ganz dicht.« Sie lachte leise. »Nicht ganz dicht. Wie ich, hm? Ich sollte vielleicht doch mal zu einem Arzt gehen.«

Während ich zuhörte und nicht verstand, warum sie nun mit Katja redete, die nicht da war, klingelte es. Gerlinde ließ den Lappen in den Eimer sinken und öffnete die Tür. »Katja«, hörte ich es im Flur, »was machst du denn hier?« Sie sagte mit keinem Wort, dass sie Katja gerade noch in der Küche vermutet hatte.

»Gerlinde, du musst sofort mitkommen! Es ist Wilhelm!«

»Wilhelm? Was ist mit ihm? Ein Unfall? Guter Gott! Ich komme!«

»Hier ist deine Jacke, Gerlinde, du bist so durcheinander, vergiss den Schlüssel nicht!«

Dann klappte die Tür, ich war allein. Und ja, meine Tür stand wieder offen. Gerlinde, die mich nur durchwischen wollte, hatte sie wieder nicht geschlossen. Aber das kannte ich ja. Es würde nicht viel passieren. Ich machte mir Gedanken um Wilhelm. Was war nur mit ihm?

Abends kehrten Gerlinde und Katja heim, die beiden unterhielten sich. Gerlinde war völlig aufgelöst. »Wie konnte das nur geschehen? Er war doch nie krank, bis auf den Unfall damals.«

»So etwas kommt von jetzt auf gleich, Gerlinde. Da gibt es Anzeichen, aber ein Schlaganfall ist schneller da, als man schauen kann.«

Jetzt weinte die alte Dame.

»Ich mache uns einen Tee, ja? Beruhige dich doch ein wenig!« Katja kam in die Küche, sah mich offen stehen und bemerkte, dass alle Lebensmittel noch auf dem Tisch standen. Sie begann damit, alles wieder in mich hineinzuräumen, wobei sie vieles wegwarf, weil es schimmelte oder nicht mehr gut roch. Das Wasser kochte, Katja goss Tee auf und brachte alles in die Stube, in der Gerlinde weinend saß. »Wir müssen reden, meine Liebe. Was soll jetzt werden?«

»Aber …, vielleicht wird er durchkommen?«

»Das mag sein, aber die Ärzte sagen, die Chancen stehen schlecht. Er wird nie wieder hierher zurückkommen können, sondern in einem Pflegeheim untergebracht werden müssen. Was dann?«

Gerlinde war nicht in der Lage, irgendetwas zu erwidern. Ich hörte sie nur schluchzen. Natürlich habe ich als Kühlschrank nicht viel Ahnung von Pflegeheimen, aber man bekommt ja so einiges mit, und das, was ich bei verschiedenen Gelegenheiten gehört hatte, schien mir keine besonders gute Wahl für einen dauerhaften Aufenthalt zu sein. Wenigstens bekam ich durch das Gespräch der beiden mit, dass Wilhelm sich auf einem Spaziergang befunden habe, als ihn mitten auf der Straße ein Schlaganfall traf. Der herbeigerufene Notarzt brachte ihn sofort ins Krankenhaus, doch Schlaganfälle sind kein Zuckerschlecken. Im Untersuchungsraum erlitt Wilhelm dann einen zweiten Schlag, schlimmer als der erste. Jetzt konnte er nicht mehr sprechen und vieles andere ging auch nicht mehr. Man vermutete, er würde die Nacht nicht überleben.

Katja rief ihren Mann an und blieb über Nacht, damit Gerlinde nicht so einsam wäre. Doch es wurde sehr schwer für Katja. Ich war ja gewohnt, dass Gerlinde des Nachts oft aufstand, ohne Licht durch das Haus ging, gegen die Möbel stieß und fiel, und auch Wilhelm nahm das in den letzten Jahren hin. Er kam dann und half ihr auf. Vom Arzt wurden ihr schon Schlaftabletten verschrieben, doch die nutzten gar nichts. Ihre Gedanken drehten sich im Kreis, und sie wusste nicht, welche Tageszeit es war.

Doch Katja erlebte dies zum ersten Mal. Und sie war sehr schockiert. Schließlich steckte sie Gerlinde wieder ins Bett und schlief selbst auf dem Sofa, damit sie sofort hören konnte, wenn etwas geschah.

Am Morgen telefonierte Katja mit ihrem Mann, während meine Besitzerin noch schlief. Sie erzählte ihm in allen Einzelheiten, was geschehen war, und sparte auch die nächtlichen

Schwierigkeiten nicht aus. Als sie noch darüber sprachen, was denn zu tun sei, kam Gerlinde aus ihrem Zimmer, und Katja verabschiedete sich hastig. »Guten Morgen, Gerlinde, hast du gut geschlafen?«

»Ja, wie ein Stein. Ich musste nicht einmal auf die Toilette.«

Katja sagte nichts. Ich wunderte mich sehr. Warum schwieg sie über die Vorfälle der Nacht? Ich konnte nicht anders, als meinen Kompressor anlaufen zu lassen, denn mehr Möglichkeiten hatte ich ja nicht.

»Komm«, sagte Katja, »lass uns frühstücken!« Sie nahm die alte Dame wie ein Kind an die Hand und führte sie in die Küche.

»Hat das Krankenhaus schon angerufen?« Gerlinde strich sich ihr Haar zurück, das in alle Richtungen abstand. Ihre Bewegungen waren fahrig, wie an jedem Morgen, und ich sah, dass Katja die Augenbrauen hochzog. Auf Gerlindes Nachthemd waren Flecken zu sehen, die eindeutig auf ein Einnässen in der Nacht hindeuteten.

»Meine Liebe, wir gehen erst einmal ins Bad und ziehen dich an, damit wir gleich ins Krankenhaus fahren können.«

Gerlinde nickte.

Aus dem Bad hörte ich dann Geräusche, die wie unterdrücktes Würgen klangen. Was war da los? Ging es meiner Besitzerin nicht gut? Wäre ich doch kein Kühlschrank, ich hätte nachsehen können!

»Gerlinde, wann hast du hier das letzte Mal geputzt? Wo ist deine Zahnbürste und die von Wilhelm? Wir müssen alles neu kaufen, das hier können wir nicht mit ins Krankenhaus nehmen!« Katjas Stimme war laut geworden und sie klang sehr böse.

Gerlinde sagte nichts. Sie kam mit hochrotem Kopf aus dem Bad hinaus und stand dann wie ein gescholtenes Kind in der Küche.

Das Telefon klingelte, und sie sah zu Katja, die den Hörer abhob. »Bei Schmidt? Ja, wir wollten gerade kommen.« Ihre Stimme wurde leiser, trauriger. »Oh! Ja! Wir sind gleich da. Danke.« Dann drehte sie sich zu Gerlinde um. »Meine Liebe ... Dein Wilhelm ...«

Gerlinde knickte ein. Sie schrie nicht, sie brach einfach zusammen, und Katja hatte alle Mühe, sie in das Wohnzimmer auf das Sofa zu bringen. »Er ist tot. Mein Wilhelm ist tot. Was soll denn jetzt werden?« Sie weinte nicht, nein, sie stammelte diese Sätze vor sich hin.

Und ich musste genau das Gleiche denken. Was sollte jetzt werden? Ich wusste, auch als Kühlschrank, wir waren zusammen alt geworden, Gerlinde und ich. Und so wie mein Kompressor laut geworden war und meine Dichtungen nicht mehr hielten, ich vielleicht hier und da ein wenig rostete, so war auch Gerlinde alt geworden, krank und dement. Was würden sie mit ihr machen? In eine dieser Einrichtungen stecken? Den Haushalt auflösen? Und ich? Wer würde einen alten Kühlschrank wie mich wollen?

Ich konnte im Geist meine Zukunft sehen: ein großer Platz, vollgestopft mit alten Gegenständen, Autos, Metallteilen und Elektrogeräten, wie mich. Das würde der letzte Ort für mich sein. Ein Friedhof für Kühlschränke ...

Das HB-Männchen
und sein ehelicher Retter

Tuula Schneider

Mist – schon wieder zu spät! Bus verpasst! Mit einem lauten Knall werfe ich die Bürotür hinter mir zu. Tief atmen, ganz ruhig – ein – aus! Langsam beruhigt sich mein Puls, der Atem normalisiert sich wieder. *Der Creativ Director kann mich kreuzweise. Was denkt der sich eigentlich? Ich werde einen Teufel tun und das Konzept heute – an einem Freitagabend – noch mal überarbeiten!*

Kopfschüttelnd trete ich ins Freie. Die Wut ist mittlerweile verraucht, hat dem latenten Genervt sein Platz gemacht, das mich schon seit Wochen quält. Vielleicht sollte ich mich nach einem anderen Arbeitsplatz umsehen? So geht das nicht weiter! *Was sagte er? Da muss mehr Gefühl rein. Gefühl! Ha, dass ich nicht lache, da redet grad der Richtige davon! Aufgeblasener Gockel!* Jetzt werde ich einen ruhigen, gemütlichen Abend zu Hause verbringen, mich in die Kuscheldecke wickeln und meinen Lieblingsfilm *Bodyguard* schauen, dazu eine große Schüssel Popcorn naschen. Perfekter Plan! Fehlt nur die Schulter zum Anlehnen, aber mein Mann ist noch bis morgen auf Dienstreise.

Endlich zu Hause! Der Film fängt schon in einer Viertelstunde an. *Erst Popcorn machen!* Hektisch renn ich in die Küche. Dabei fällt mein Blick auf das blinkende Lämpchen des Anrufbeantworters. – Es ist mein Mann. Er wird heute schon zurückkommen. Bin mir gar nicht sicher, ob ich mich jetzt freuen soll, er wird sicher mitten im Film reinplatzen.

Am besten nehme ich den Film gleichzeitig auf. Nun rächt es sich, dass ich kaum fernsehe. *Wie funktioniert das noch mal?* Auf der Fernbedienung herumtippend, lasse ich mich aufs Sofa sinken. Nichts tut sich. Drücke fester zu. Ein penetranter Ton unterbricht mich. Der Rauchmelder! *Himmel, das Popcorn!* Ich haste in die Küche und werfe die verkohlten Überreste mitsamt der Pfanne in den Garten. Wieder zurück ans TV-Gerät. Nur noch wenige Augenblicke, bis der Film beginnt.

Weder lässt sich der Fernseher anschalten, noch tut der Player einen Wank. Ich höre meinen Mann in Gedanken: »Aber Schatz, das ist doch ganz einfach – mit Gefühl! Auch Geräte haben eine Seele, behandle sie mit Gefühl!« Gefühl! Ich fühle, wie es in mir zu brodeln beginnt und mir wird heiß. Immer hektischer schlage ich auf das schwarze Kästchen ein. Das Atmen fällt mir schwer. Mein Blickfeld verengt sich wie in einem Tunnel, die Ränder fangen an zu fransen. Ich merke, gleich explodiere ich. Mit Karacho pfeffere ich die Fernbedienung an die Wand und brülle: »Hier hast du dein Gefühl!«

Die Fernbedienung prallt an der Zimmerwand ab, fällt auf den Boden, wo sie in mehreren Teilen zerschellt liegen bleibt.

Schweratmend starre ich auf den Haufen und weiß, das war nicht wirklich eine gute Idee gewesen. Höre gar nicht, dass mein Mann inzwischen hereingekommen ist und mich von der Tür aus beobachtet.

Er räuspert sich.

Ich fahre herum und fauche ihn an: »Diese Scheiß-Technik! Ich hasse das Zeug, will ich einmal – nur ein einziges Mal einen gemütlichen Abend verbringen. Womit habe ich diese Scheiße verdient?«

Er glotzt mich an, und ich meine, ein verräterisches Zucken seiner Mundwinkel wahrzunehmen.

Tief Luft holend brülle ich los: »Ich habe die Schnauze voll, gestrichen voll von allem. Erst dieser Arsch von Creativ Director, dann Bus verpasst. Ein Auto hat mich vollgespritzt und das Popcorn ist verbrannt. Reicht das noch nicht? Anscheinend nicht! Dann funktioniert diese verfuckte Fernbedienung auch noch nicht und ich verpasse meinen Lieblingsfilm! Für heute bin ich bedient!«

Mein Mann kratzt sich an der Schläfe und grinst. »Ich hätte mir ja gewünscht, dass mich meine Frau mit: *Hallo Schatz, schön dass du da bist!*, begrüßt.«

»Wir sind hier nicht bei *Wünsch-dir-was!* Dein Grinsen kannst du dir sonst wohin stecken. Ich geh jetzt ins Bett!«, erwidere ich pampig.

»Warum nimmst du nicht diese Fernbedienung?« Mit ein paar Schritten ist er bei mir, greift in das Regal und streckt eine graue Fernbedienung hin. »Mit der richtigen Fernbedienung funktioniert auch die Technik! Du kleines HB-Männchen!«

Der Sommer der Kartoffelkäfer

Sandra Karin Foltin

Ich bin aufgeregt, als wäre es meine Hochzeit, kann es kaum erwarten endlich die Braut zu sehen. Meine kleine Schwester – Anna. Mir fällt die Ehre zu, sie ihrem zukünftigen Ehemann zu übergeben, wir haben nur noch uns.

Seit zwölf Jahren, seit dem 25. März 1945. Der letzte Fliegerangriff auf Münster. In dieser Viertelstunde machten Bomben die Stadt nahezu dem Erdboden gleich. Anna, meine Mutter und ich wurden verschüttet und einige Nachbarn, sie kamen bei Fliegeralarm immer zu uns in den Keller.

Diesmal stürzte das Haus über uns zusammen.

Meine Mutter starb. Mit Staub in den Haaren und im Gesicht starrte sie ins Nichts.

Die ganze Nacht brauchte ich, elf Jahre alt, um Anna und mich zu befreien. Um uns herum erklang Wehklagen, fast jeder in der näheren Umgebung hatte jemanden verloren.

Entsetzt sah ich mich um. Mama sagte es immer wieder: »Wenn mir etwas passiert, müsst ihr versuchen, nach Husum zu gehen. Zu Tante Metha, sie wird sich um euch kümmern.« Eine Weile stand ich einfach nur so da, bis Anna an meiner Jacke zupfte. »Kurt, was machen wir denn jetzt?«

Schnell wischte ich die Tränen weg. Ich, als der Ältere, musste die Verantwortung übernehmen. *Sie ist erst acht,* erinnerte ich mich selbst und sagte so ruhig wie möglich: »Wir erleben zusammen ein Abenteuer, ja? Wir reisen zu Tante Metha.«

Sie nickte teilnahmslos, und hustete, das ganze Gesicht voller Staub, *genau wie Mutter,* schnell schob ich den Gedanken weg.

Wir gingen Hand in Hand los, ohne dass ich etwas packen konnte, wir besaßen nichts mehr, außer der Kleidung auf unseren Leibern.

Wir kamen nicht schlecht voran, obwohl es sich schwierig gestaltete, etwas zu essen zu finden. Nach einigen Wochen wurden Annas Wangen hohl und ihre Augen schimmerten glasig. Der Husten wollte nicht nachlassen. Als wir es bis Dedesdorf, kurz vor Bremerhaven, schafften, färbte sich der Auswurf schaumig rot.

Vor lauter Angst überwand ich meinen Stolz und bat am nächsten Bauernhof um Hilfe: »Bitte, können Sie meiner Schwester etwas zu essen geben? Sie ist sehr krank, wir wurden verschüttet und jetzt hustet sie Blut. Ich weiß nicht, was ich machen soll.«

»Wir haben hier nichts für Herumtreiber!« Der alte Bauer sah auf mich herunter und wollte die Tür schließen.

Aber seine Schwiegertochter schob ihn zur Seite. »Wenn dein Sohn aus dem Krieg nach Hause kommt und Essen oder Hilfe braucht, willst du doch auch, dass jemand ihn hineinlässt?«

Wortlos trat der Alte beiseite.

Die Bäuerin winkte uns an den Tisch und gab jedem von uns einen Teller Eintopf auf.

Ihr Sohn, Herbert, vielleicht ein oder zwei Jahre älter als ich, musterte uns neugierig.

Mir knurrte laut der Magen, doch ich schob meinen Teller zu Anna. »Sie braucht es nötiger als ich«, erklärte ich. »Außerdem will ich nichts geschenkt, ich kann arbeiten.«

Der alte Bauer besah sich kopfschüttelnd meinen abgemagerten Körper.

Die Bäuerin sagte lächelnd: »Das kannst du aber nicht, wenn du zu wenig isst. Es ist gut, dass du gekommen bist. Wir können dringend Hilfe brauchen.«

Der Alte und ihr Sohn sahen sie überrascht an.

»Wir haben eine Kartoffelkäferplage, morgen kannst du anfangen, sie abzusammeln. Nachdem ihr erholt seid.«

»Gut!«, brummte ich und konnte der Suppe nicht länger widerstehen.

»Mein Apfel ist mir zu viel, Mutter, darf ich ihn teilen?«, fragte Herbert und gab Anna und mir große Stücke ab, als die Bäuerin nickte.

Den Rest des Sommers sammelte ich Kartoffelkäfer und wir wurden gut versorgt. Nach der Kartoffelernte reisten wir zu unseren Verwandten nach Husum, kamen jedoch jedes Jahr zur Kartoffelernte auf diesen Hof zurück.

Im Sommer der Kartoffelkäfer lernte ich, wie leicht man die Würde eines Menschen erhalten kann, und werde es den Rest meines Lebens beachten.

Als ich Anna ihrem Bräutigam übergebe, umarmt Herbert mich. Gemeinsam überreichen sie mir eine kleine Schachtel. In ihr befindet sich ein Kartoffelkäfer. Wir halten uns kurz an den Händen und denken an den Sommer, in dem alles mit diesen Käfern begann.

Ladenhüter

Mila EnWood

Im Verkaufsraum herrscht geschäftiges Treiben. Seit drei Jahren hänge ich in dem Geschäft. Ich bin kein klassisches Brautkleid, vielleicht probierte man mich deswegen auch selten.

Die Frauen lieben es üppig und mit viel Chichi, sie wollen Perlen, Glitzer, schneeweiß und aufregend.

Ich bin das genaue Gegenteil, dezent, champagnerfarben, keine Spitze – oft höre ich »Langweilig!« Bin ein Ladenhüter, schon lange. Der Slogan des Hauses lautet: *für jede Frau das richtige Kleid!*

Bevor ich weiß, wie mir geschieht, nimmt sie mich von der Stange und hängt mich zu 14 anderen Kleidern. Wir werden an der Rollstange hängend auf den Hof gefahren und verladen. *Wie aufregend!*

Nach einer kurzen Fahrt halten wir an. Aus dem Fahrzeug geholt, geht es über einen kleinen Hof in ein Seniorenwohnheim. *Wie seltsam!*

Ein Aufzug bringt uns in die elfte Etage. Dort angekommen rollt die Chefin uns zur vorletzten Tür links. Nachdem sie geklingelt hat, dauert es einen kleinen Augenblick, dann öffnet eine kleine ältere Dame die Tür. Sie ist fast 90 Jahre alt und hat ein Funkeln in den Augen, strahlt über das ganze Gesicht. Sie bittet meine Chefin, ihr zu folgen, und geht vor in das Wohnzimmer.

Am Esstisch sitzt eine junge, kurvige Frau und schaut verdutzt auf die Kleiderstange. »Omaaaaa, was hast du denn da angezettelt? Ich bin erst eine Woche verlobt! Wieso?«

»Ganz einfach, du hast keine Mutter mehr und deine richtige Oma wohnt weit weg. Einer muss sich darum kümmern, dass du eine hübsche Braut wirst. Betrachte es als Dankeschön für die viele Zeit, die du einer alten Dame schenkst!«, spricht die Ältere mit unerwarteter klarer Stimme.

Die junge Frau schüttelt lachend und ungläubig den Kopf. »Das kann ja heiter werden, ich im Brautkleid …«

Dann geht das Spektakel los.

Anprobe Kleid Nummer eins: ein Traum aus Spitze, Reifrock und viel Tamtam.

Die Oma grinst, das Mädel brummt: »Um Gottes willen, ich sehe aus wie ein Sahne-Baiser!«

Meine Chefin ist hingerissen von der jungen Frau und ihrer entwaffnenden Ehrlichkeit.

Anprobe Kleid Nummer zwei: Herzdekolleté, viel Tüll und Spitze, tragischerweise eine dicke Schleife auf dem Hinterteil.

»Na prima, ich sehe aus wie Karlsson auf dem Dach, gleich hebe ich ab!« Die junge Frau bekommt einen Lachanfall, die beiden anderen Frauen stimmen mit ein.

Ich staune, mit welchen Kommentaren sie jedes Kleid belegt. Es wird viel gelacht und ich kann sehen, wie sehr sich die alte Dame und die junge Frau amüsieren.

Anprobe Kleid Nummer dreizehn: Eng, hochgeschlossen, lange Schärpe, Puffärmel aus Spitze.

»Na, da fehlt nur noch die Krone und ich bin Queen Mum, die ÄÄÄrmel … Furchtbar, atmen geht auch nicht!«

Meine Chefin nimmt nun mich von der Stange, ich will eigentlich gar nicht wissen, was das junge Fräulein von mir hält. Vorsichtig zieht sie mich über, schreitet langsam zum Spiegel. – Ich bin wie für sie gemacht. Perfekt. Sie lächelt, Tränen rollen die Wangen herunter. »Woooow! Das ist mein Kleid!«, flüstert sie und dreht sich zu ihrer Oma.

Auch die alte Dame hat Tränen in den Augen. Sie umarmen sich lange. Ich kann es nicht fassen, endlich bin ich das besondere Kleid.

Sie nimmt mich mit nach Hause, glücklich. Ich höre den Plänen zu, wie die Hochzeit sein soll. – *Bald werde ich alle becircen. Denkste!*

***

Das ist jetzt fast 10 Jahre her, geheiratet hat sie noch nicht. Einmal im Jahr kramt sie mich hervor, streichelt meinen Stoff und überprüft mich auf Motten. Todesfälle, Krankheit – irgendwas ist immer. Bin immer noch ein Ladenhüter.

Als ich die Hoffnung fast aufgegeben habe, geht heute Morgen die Schranktür auf, sie holt mich heraus, zieht mich an, dreht sich vor dem Spiegel wie eine Ballerina und juchzt: »Wir heiraten!«

Erstarrt –
oder: göttliche Geschicke

Sam Freythakt

Herbstblätter wehten durch das geöffnete Kirchenportal, tanzten in einer Windböe, die einzig St. Maria umspielte. Seit vier Jahren machten Mensch und Tier einen Bogen um den geweihten Boden, der einst Trost und Zuflucht bot.

Der Ruf eines Käuzchens schallte durch die Nacht! Aus dem Gotteshaus drangen klagende Orgelklänge – die verzerrte Version einer Hochzeitsmelodie.

Tina lehnte wartend am Türstock der Sakristei, unfähig den Innenraum der Kirche zu betreten. Niemandem gelang es seit jenem Tag hineinzugehen, der der glücklichste im Leben ihrer Cousine Jackie sein sollte.

Die Zeit wirkte eingefroren! Die Hochzeitsgäste verharrten mit ungläubiger Mine auf den Kirchenbänken. Manche Münder weit zu einem stummen Schrei geöffnet, die Hände in Entsetzen erhoben. Andere griffen sich ans Herz oder bedeckten ihre Gesichter.

Am nächtlichen Himmel stand der Vollmond und schickte sein Licht durch die gotischen Fensterbögen auf den Altar, auf dem weiße Kerzen mit erstarrten Flammen standen. Das kühle Mondlicht beschien die zum Segen erhobenen Hände des Pfarrers.

Tinas Blick wanderte zu ihrer Cousine, die sich zu Leon bückte. Ihr Gesicht vor Schmerz verzogen. Ein roter Fleck prangte auf der weißen Hemdbrust des Bräutigams.

Eine vielversprechende glückliche Zukunft, die jemand durch Egoismus und Eifersucht zerstörte.

Jackie schien so glücklich, wie noch nie zuvor. Die Jahre des Kummers verflogen, seit Leon in ihr Leben trat. Seine Liebe vertrieb die dunklen Schatten, die Jackies Leben bis dahin begleiteten. Wie ein leuchtender Stern gab er ihr Hoffnung und Freude …

Der einzige Umstand, der Tina vor dem Schicksal ihrer Verwandtschaft und Freunde bewahrte: ein Unfall auf dem Weg zur Hochzeit. Ein weißer Keiler preschte über die Landstraße und sprang in ihren Wagen.

Mit einem Taxi und reichlich Verspätung kam Tina damals endlich an der Kirche an. Die Polizei sperrte gerade den Kirchplatz ab und scheiterte an den Versuchen, das Gotteshaus zu betreten. Eine unsichtbare Mauer verhinderte jegliches Eindringen. Ihnen blieb einzig, durch das geöffnete Kirchenportal zu spähen.

Nach und nach verwaiste das einst malerische Dörfchen, das sich um St. Maria schmiegte. Nur die Alten blieben, wer konnte, zog in die Kreisstadt und die umliegenden Ortschaften.

Nachts heulten Wölfe auf dem Friedhof, der hinter der Kirche lag. Die Straßen brachen im ersten Winter auf, tiefe Risse durchzogen den Asphalt. Niemandem gelang es, die Schäden zu reparieren, über Nacht brachen die Flickstellen erneut auf.

Die letzten Jahre verbrachte Tina damit herauszufinden, ob das unheimliche Phänomen in der Kirche aufzulösen ist. Jede freie Minute wälzte sie alte Familiendokumente, atmete den Staub in beinahe vergessenen Gemeindearchiven ein und verfolgte die spärlichen Hinweise, bis sie Madame Ducret fand – eine Cousine ihrer Großmutter.

Tina dachte dankbar an die Begegnung mit der alten Dame, die außerhalb von Marseille auf einem Landgut lebte. Zierlich, mit akkurat geordneten silbergrauen Löckchen und gekleidet in ein zeitloses Chanel-Kostüm, begrüßte sie die entfernte Verwandte.

»Mein liebes Kind, lass uns ins Haus gehen, dort können wir uns ungestört unterhalten!«

Madame Ducret musterte sie nochmals aus wachen Augen, stieß energisch mit dem eleganten Gehstock auf den Boden und machte kehrt, um in das Innere des Hauses zu gehen.

Verwundert folgte Tina der resoluten Dame durch die kühle Diele in einen altertümlichen Salon und nahm gehorsam auf einem Stuhl Platz.

Eisgekühlte Zitronenlimonade stand auf einem Tablett parat. Wasserperlen liefen an der Außenseite des Glaskruges hinunter.

Tina betrachtete die alte Dame, von der eine stille Macht ausging. »Madame, ich möchte mich bedanken, dass sie mich empfangen.«

»Unsinn! Dein Brief mahnt mich, meinen Pflichten nachzukommen«, wehrte die Dame des Hauses ab und forderte energisch, »und hör mit dem *Madame* auf, nenne mich meinetwegen Tante Cecilie!«

Mit einem warmen Lächeln nickte Tina. »Tante Cecilie, ich habe die letzten Jahre nachgeforscht, doch nirgendwo gibt es eine Erklärung dafür, was auf der Hochzeit meiner Cousine passierte.«

Madam Ducret hob mahnend die Hand. »Eines nach dem anderen! Meine Großmutter weihte mich in unser Familienvermächtnis ein und nun ist es an mir, dies mit dir zu tun! Wir Frauen tragen ein Erbe in uns. Der Ursprung liegt in der Vergangenheit, in Kemet, das sie heute Ägypten nennen.«

Gebannt lauschte Tina den Erklärungen ihrer entfernten Tante und fühlte tief in ihrem Inneren ein Schnurren. Ihr kam es nicht in den Sinn, die Worte der alten Dame infrage zu stellen.

Mit fester Stimme, die klugen Augen auf die Nachfahrin gerichtet, erzählte Cecilie: »Die Frauen unserer Blutlinie dienten in der alten Heimat im Tempel der Bastet als Priesterinnen. Zur Zeit, als die Hyksos, ein asiatisches Reitervolk, das Land eroberten, befahl die Göttin einer auserwählten Priesterin, das Land zu verlassen und dafür zu sorgen, dass das Erbe des Tempels weiterlebt. Im Gegenzug versprach sie, stets über die Priesterin und ihre Nachkommen zu wachen.«

Tina nutzte die kleine Pause, die entstand, und kratzte das rudimentäre Wissen zusammen, welches sie über die Katzengöttin besaß. »Bastet stand unter anderem für Liebe, Fruchtbarkeit und Musik«, wandte sie ein und setzte leise hinzu, »außer uns beiden ist keiner übriggeblieben! Hier endet die Geschichte offensichtlich.«

Die Einwände der Besucherin ignorierend, erzählte Cecilie: »Unsere Familie besaß immer schon einen Hang zur Musik und zum Genuss des Lebens – und wir sind sehr fruchtbar. Du bist Bastets Erbin und wirst eine frische Dynastie gründen.«

Das klang nach einer Prophezeiung, und erneut spürte Tina das beruhigende Schnurren. »Das erklärt aber nicht, was bei Jackies Hochzeit geschah.«

Cecile Ducret runzelte die Stirn, während sie daran dachte, was im Brief ihrer jungen Verwandten stand. Es gab nur einen Schluss! »Jemand versuchte die Trauung zu verhindern und die Göttin griff ein.«

Die Tante sah Tinas zweifelndes Gesicht und setzte hinzu: »Bastet besitzt eine zweite Seite. Im Fall einer Bedrohung wird sie zu Sachmet, die grausame Vergeltung übt. Vermutlich stoppte der christliche Segen des Pfarrers die Rache. Zwei Religionen prallten aufeinander, und die Zeit fror dort ein.«

»Aber Tante Cecilie, kann man denn gar nichts tun?« Der Gedanke, dass Freunde und Verwandte für alle Zeiten erstarrt in der Kirche verharrten, ließ Tina schwer schlucken.

Nachdenklich wiegte die alte Dame den Kopf. »In sechs Wochen taucht ein sogenannter *Blutmond* am Himmel auf und Sachmets Rache erfährt ihre Vollendung. In Raserei wird sie alles und jeden vernichten!« Mit einem wissenden Blick betrachtete die Alte ihre *Großnichte* und sagte eindringlich: »Es sei denn, eine Jungfrau, die den alten und den christlichen Glauben in sich trägt, greift ein.«

Das Schnurren in Tina geriet zu einem kurzen Grollen und eine Erkenntnis stieg an die Oberfläche. Begegnete sie deswegen bisher niemals einem Mann, dem sie sich hingab? Sie glaubte stets, dass mit ihr etwas nicht stimmte und murmelte: »Es scheint, dass meine Jungfräulichkeit wenigstens einmal zu etwas nutze ist.«

Die Nacht des Blutmondes stand unmittelbar bevor. Tina klangen die Worte der entfernten Tante noch im Ohr. Das mittlerweile vertraute Schnurren in ihrem Inneren erstickte alle Zweifel. Mit dem Wissen, eine Nachfahrin der Priesterinnen Bastets zu sein, schlich sie in der Dunkelheit zur Kirche.

Wie es ihr Tante Cecilie ankündigte, gelangte sie durch die kleine Seitentür neben dem Friedhof in die Sakristei.

Nun stand sie hier und betrachtete die eingefrorene Szenerie. Bald schlug die Stunde Sachmets.

Plötzlich wechselte das silbrige Mondlicht zu einem beängstigenden Blutrot. Unbewusst schlug Tina ein Kreuz, als plötzlich Tom, der Ex-Freund ihrer Cousine, hinter dem Kruzifix des Altarraumes hervortaumelte. Er hielt eine Pistole in der Hand.

Das Echo eines Schusses klang durch die Kirche, und unvermittelt lief die Zeit weiter.

Gleichzeitig ging ein kollektiver Aufschrei durch die Hochzeitsgesellschaft und im selben Moment *erwachte* Jackie.

Ihre Augen blitzten feurig. Durch die hübschen Gesichtszüge schimmerte das Antlitz einer gereizten Löwin. Wie eine Furie stürzte Tinas Cousine auf den Mann zu, der ihre Zukunft stahl. Lange Zähne ragten über die rosigen Lippen. Das animalische Brüllen einer wütenden Raubkatze übertönte die klagenden Klänge der Orgel, die unablässig das Hochzeitslied spielte und die panischen Stimmen der Hochzeitsgäste untermalte.

Tom sah die Fangzähne aufblitzen und erstarrte vor Schreck.

Mit einer blitzschnellen Bewegung gelangte Jackie zu ihrem Ex, verbiss sich in seinem Hals und riss ihm die Gurgel heraus. Blut rann über ihr Kinn, tropfte auf das feine Brautkleid und hinterließ eine obszöne Spur der Rache.

Sich an Tante Cecilies Worte erinnernd, fühlte Tina, wie in ihr der alte und der christliche Glaube verschmolzen. Entschlossen schlug sie das Kreuz und betete: »O mein Jesus, verzeih uns unsere Sünden, bewahre uns vor dem Feuer der Hölle, führe alle Seelen in den Himmel …!«

Ein Leuchten ging von ihr aus, drang in das Kirchenschiff, erfasste jeden der Anwesenden, glühte auf und verblasste.

Schnurrend faltete Tina die Hände und dankte Bastet im Stillen für ihre Gnade.

Jackies Gesicht wurde friedlich, sie sank neben ihrem Bräutigam zu Boden.

Die Orgel verstummte, die Hochzeitsgäste sahen einander hilflos an.

Stille!

Plötzlich fuhr ein gewaltiger Wind durch das Kirchenschiff, die Fenster zerbarsten, die Hochzeitsgesellschaft zerfiel zu Staub und wirbelte, einem Tornado gleich, in die Nacht. Einzig Toms verdorrte Leiche blieb zurück – verdammt für seine Tat!

Ein Beben lief durch die Kirche. Die Altarkerzen begannen zu schwanken, stürzten um und entzündeten das Altartuch. Das Feuer fand reichlich Nahrung und fraß hungrig alles, was es finden konnte: Gesangbücher, Bibeln, Wandbehänge.

Tina kehrte dem Inneren der Kirche den Rücken und trat hinaus in die klare Nachtluft, während hinter ihr ein Inferno loderte.

Sachmets Macht verglomm zu einem kaum wahrnehmbaren Funken und Bastet trat in den Vordergrund. Die Zeit der Erneuerung brach an.

Von einer letzten Windböe getragen, klang ein einzelnes Wort durch die Nacht, das ein zufriedenes Schnurren begleitete: *»Danke!«*

Lächelnd holte Tina einen tiefen Atemzug und stutze. Eine lockende Pheromonspur lag in der Luft und versprach die Wiederbelebung der uralten Priesterinnendynastie.

Mit dem Wissen, dass Bastet sie führte, schüttelte die junge Frau die Vergangenheit ab und verschmolz mit der Dunkelheit.

Kinderhochzeit

Nicole Weiche

Viel zu kalt war es an diesem Januartag. Dieter fröstelte und zog sich den Mantel dichter an den Leib. Selbst Dackel Waldi bibberte, während sie durch die reifbedeckten Straßen gingen.

Eine Gruppe dunkelhäutiger Männer kam dem Rentner entgegen.

Schnell zog Dieter den Hund auf die andere Straßenseite. Überall war jetzt dieses Pack. Selbst hier in seiner Heimatstadt: führten sich auf, als würde ihnen der ganze Ort gehören.

Genau wie die Leute, die jetzt in seinem Wohnblock hausten. Die feierten nicht einmal Weihnachten! Das schien den anderen Nachbarn ganz egal zu sein! Jedem schien es egal zu sein! Aber nicht Dieter – ihm waren Bräuche noch wichtig. Für ihn zählte deutsche Kultur noch etwas, doch das durfte man ja nicht mehr sagen. Da galt man ja gleich als Rassist!

Dieter schnaubte verächtlich, als er vor sich zwei junge Frauen entdeckte.

Das dunkle Haar trug die eine zum Pferdeschwanz zurückgebunden. Die Augen leuchteten fröhlich, während sie mit ihrer Freundin sprach, die ebenso dunkelhäutig war wie sie selbst.

Die Kleidung beider sah recht teuer aus und war viel zu bunt. So etwas trug man nicht in seiner Stadt. Tat ja auch sonst niemand. Immer mussten die sich abheben, konnten sich nie auch nur ein bisschen anpassen!

Doch wo wollten die hin? Es war erst halb elf. Arbeiten konnten sie also nicht. Sicher wollten sie in eine ihrer Kirchen. Nein, in eine Moschee. Typisch – selbst ihre Religion wollten sie einem aufdrücken!

Ein kleines Balg hatten sie auch dabei. Das Mädchen trug eine dicke Wollmütze und hüpfte fröhlich neben der Mutter her.

Dieter trieb Waldi an, um etwas näher heranzukommen. Er wollte hören, was die beiden besprachen. Zumindest redeten sie recht gut deutsch. Wenn er die Gelegenheit bekäme, würde er sich bei ihnen beschweren, dass ihnen Hören und Sehen verging! Schließlich hatte ihn niemand gefragt, ob er die ganzen Fremden aufnehmen wollte! Ohnehin fragte ihn nie jemand irgendetwas!

»Jedenfalls muss ich heute noch das Kleid für Jassi fertig nähen«, erklärte die Mutter und streichelte dem Mädchen über den Kopf. »Meine Kleine wird morgen sicher unglaublich hübsch aussehen.«

»Sie wird«, meinte die andere, »eine tolle Braut. Und ihr habt richtig Glück, dass die Feier nur im kleinen Rahmen ist und nicht mit 1000 Gästen.«

Darauf lachten beide.

Dieter konnte seinen Ohren kaum trauen. Wollten die wirklich das Kind da verheiraten? Und das hier in Deutschland? Das ging doch wirklich zu weit!

»Mama darf ich aufs Klettergerüst?«, fragte die Kleine und zeigte auf einen Spielplatz.

»Es ist viel zu kalt, Jassi. Außerdem willst du doch bei deiner Hochzeit hübsch aussehen und keine aufgeschlagenen Knie haben!«

Dieter zog scharf die Luft ein. Nun reichte es ihm endgültig. Der Fall war klar, ganz eindeutig. »Meine Damen! Ich weiß ja nicht, wie es in eurer Heimat läuft, wo ihr eure Kinder für 40 Kamele verkauft, aber hier ist das anders! Ihr seid mit dem Schiff hierhergekommen, also müsst ihr euch auch an unsere Sitten halten! Bei euch haben zwar die Männer die Hosen an, aber ich werde nicht zulassen, dass ihr hier dieses kleine Kind verheiratet! Nicht mit mir! Ich ruf jetzt die Polizei! Und wenn ihr weglauft, hetze ich meinen Waldi auf euch, soviel steht fest!«

Die beiden Frauen tauschten einen Blick. Die Größere wollte gerade wütend etwas erwidern, als die Mutter sie am Arm hielt.

Sally nahm ihre Tochter an der Hand und lächelte Dieter an. »Ich kenne Sie zwar nicht, aber ich komme aus Lübben. Kamele gibt es da keine. In einem Schiff habe ich noch nie gesessen, ich werde zu schnell seekrank – und meine Eltern sind mit dem Flugzeug aus der Türkei eingereist, noch bevor ich geboren wurde. Ich trage, wie Sie ja sehen können, genauso Hosen wie mein Mann, und morgen wird, ob es Ihnen nun gefällt oder nicht, meine Tochter verheiratet!«

Dieter schluckte. So viel Schneid hätte er diesem Weib nicht zugetraut. »Das lass ich nicht zu!«, fauchte er daher zornig. »Das ist gegen das Gese…«

»Es ist die Vogelhochzeit in der *KiTa Sonnentau!* Sie kennen doch sicher diese sorbische Sitte? Möchten Sie kommen und mit uns diesen Tag feiern?«

Nun schluckte Dieter und sah auf seine braunen Schuhe. Waldi wedelte unruhig mit dem Schwanz und fing an zu winseln. »Ich komme gern«, nuschelte der Rentner, weil ihm keine andere Antwort einfiel.

Gefährliche Hochzeitsreise

J. A. Heger

Der Regen prasselte dermaßen auf die Frontscheibe des Vans, dass die Scheibenwischer selbst im schnellsten Modus kaum die Sicht freihalten konnten. In der Dunkelheit schien das Scheinwerferlicht über die Asphaltdecke der Landstraße zu tanzen, und in den Spurrillen wurden kleine Rinnsale sichtbar. Passend zum Wetter dudelte gerade aus dem Radio: »Auch im Regen find ich dich …«

Uwe checkte die Uhrzeit auf dem Armaturenbrett und dachte sogleich: *Mist, gleich 22 Uhr! Warum hab ich mich bloß bei Holger so verquatscht?* Unwillkürlich trat er kraftvoll aufs Gaspedal, und die Tachonadel wanderte zügig auf die 100. *Fehlt nur noch, dass jetzt die Bahnschranke runtergeht, dann komm' ich zu spät zum Nachtdienst!*

Mit fahriger Hand tastete Uwe in der Tasche auf dem Beifahrersitz nach dem Smartphone. Den Kollegen wollte der gestresste Fahrer eben mitteilen, dass er bereits unterwegs sei, es aber ein paar Minuten später werden könnte. Nur einen Wimpernschlag lang blickte er aufs Display, um die Nummer zu wählen. Als er wieder aufsah, bemerkte der Mann sofort, dass er zu schnell in die Kurve ging. *Scheiße! Scheiße! Scheiße! Bremsen!* Hektisch trat er auf das Pedal. Zu heftig. Das Auto schlingerte. Uwes Hände krampften sich um das Lenkrad und er kniff die Augen zu Schlitzen zusammen.

»Verdammt, was ist das denn?«

Auf der Fahrbahn schien etwas zu hüpfen.

Gegenlenken!

Doch der Van schlitterte dem Straßengraben entgegen.

Blitzschnell schoss die Panik heiß in seinen Kopf, und in den Adern schien das Blut zu erstarren. Als das Auto aufprallte, ging bei Uwe das schwarze Licht an.

Eine Stimme drang durch das Hämmern in seinen Kopf: »Hallo Herr Walter, können Sie mich hören?«

Er versuchte krampfhaft, die Augen zu öffnen, doch es gelang ihm nicht. Auch Bewegen ging scheinbar nicht.

Eine weitere tiefe, männliche Stimme erkundigte sich: »Wie geht es ihm?«

»Er ist stabil, aber noch nicht bei Bewusstsein.«

Dann öffnete Uwe mühsam die Augen und blinzelte in das grelle Licht der Leuchtstofflampe eines Krankenwagens.

Als der Arzt dies bemerkte, sprach er den Verletzten mit beruhigender Stimme an: »Da sind Sie ja wieder! Herr Walter, Sie hatten einen Unfall.«

Sofort dachte er an die unfreiwillige Schlitterpartie auf der Landstraße und an das Telefon. *Der Straßengraben ... Ich bin in den Straßengraben gerutscht!* Kalter Schweiß trat aus allen Poren, und vom Schmerz gepeinigt, stöhnte er auf, bevor ihn die Schwärze der Ohnmacht abermals vereinnahmte.

Als der Verunfallte erneut aufwachte, lag er im Krankenhaus.

Seine Freundin Carola saß am Bett. Erleichtert atmete sie auf und küsste ihn liebevoll, während sie ihm sanft die Haare von der nassen Stirn strich. Dennoch fragte sie vorwurfsvoll: »Was machst du denn für Sachen?«

»Ich ... Ich war spät dran und bin zu schnell gefahren.«

»Aber du kennst doch die Strecke in- und auswendig!«

»Ja, schon. Doch ich hab' in dem Moment nicht an die Warnschilder gedacht. Das ging alles so schnell. Die Straße war nass und außerdem glitschig durch die Kröten. Die Krötenwanderung … Ich hab' ja noch gesehen, wie die mit ihren Männchen auf dem Rücken über die Straße hüpften, aber leider zu spät. Jetzt sind etliche tot.« Zerknirscht beichtete er ihr auch den wahren Grund des Unfalls: »Aber eigentlich war ich abgelenkt – durch das Handy.«

Carola runzelte die Stirn, auch breitete sich beim Bild von zermatschten Krötenleichen Unmut in ihr aus. »So, so! Die armen Kröten! Da plagen sie sich mit ihren Männern ab und werden auch noch auf der *Hochzeitsreise* überfahren«, schimpfte sie ironisch. »Da kann ich ja froh sein, dass dir nichts Schlimmeres passiert ist! Sieh zu, dass du wieder fit wirst! Ich trag' dich bestimmt nicht – ins Bett!«

»Ach, mein Stern«, entgegnete Uwe verschmitzt, »auch nicht zur Hochzeit?«

»Boah! Geht's dir schon wieder zu gut? Ich werd' dir gleich!«, schnaubte Carola entrüstet. *Sollte er das ernst meinen?* Eine Hochzeit – das hatte was … »Darüber können wir ja noch mal reden, wenn du wieder gesund bist! Also über das Heiraten.«

Uwe grinste, er fand plötzlich richtig Gefallen an diesem Gedanken. »Jetzt lach doch mal wieder! Hey, Liebes, ich werde bestimmt nie wieder beim Autofahren telefonieren! Ich schwöre!«

*

Ein Jahr später halfen Uwe und seine Frau Carola zur Laichzeit den kleinen *Hochzeitspaaren* über die Straße.

Hochzeit mit Vorbehalt

Ilka Sommer

»Schön, dass ihr beiden heute kommen konntet, ich habe mich so auf eine Spielerunde gefreut.« Bine strahlt übers ganze Gesicht und beginnt, die Karten zu mischen.

Ihr Mann Tom öffnet für sich und den Schwiegervater zwei Bierflaschen und befüllt die Gläser. »Auf einen schönen Abend!«

»Und ein gutes Blatt«, fügt Erich mit tiefer Stimme hinzu. »So, wie geht das jetzt, mit eurem … Doppelkopf?«

»Ach, das ist ganz einfach«, säuselt Bine. »Ihr könnt ja Skat, da ist Doko für euch ein Klacks. Jeder bekommt zehn Karten. Es gibt Fehlfarben und Trumpf. Die Reihenfolge der Trumpf ist wichtig, die habe ich euch aufgemalt.«

Erika beäugt kritisch das Bild. »Was soll das hier sein, Schätzchen?«

»Das sind Buben, Mama! Guck, und das sind Damen! Die sind höher als die Buben.«

»Wo sind die Könige?«, fragt Erika und schüttet sich gleichzeitig ein Glas Wein ein. »Ist das der Wein, den wir auf eurer Hochzeit getrunken haben? Du hast so wunderschön ausgesehen!«

Ohne auf die letzte Bemerkung einzugehen, versucht Tom die Schwiegermutter wieder zum eigentlichen Thema zu bringen. »Erika, die Könige sind nicht so viel wert, die Asse auch nicht.«

»Schade, ich habe ganz viele Asse auf der Hand!«

»Purzelchen, du darfst doch deine Karten nicht verraten!«, tadelt ihr Mann, zwinkert dabei aber versöhnlich mit einem Auge. »Wer spielt denn mit wem?«

»Das ist ja das Tolle!«, versucht Bine die Eltern zu begeistern. »Das weiß man nicht. Das findet man erst während des Spiels heraus.«

»Ach, das ist aber nicht schön. Solche Versteckspielchen mag ich gar nicht«, murrt die Mutter.

»Ach tatsächlich? Dass du Tante Gertas Apfelkuchen abscheulich findest, konntest du bisher prima verheimlichen.«

»Das ist doch was ganz anderes! Das ist höflich! Die Verwandtschaft verärgert man nicht. Aber beim Kartenspiel möchte ich wissen, zu wem ich gehöre.«

»So sind aber nun mal die Regeln. Vertrau uns doch einfach!«

»Bei den Hochzeitsblumen habe ich euch auch vertraut und was dann? Das Orange der Blumen biss sich total mit dem Rot meines Kleides.«

»Erika!« Toms linke Halsseite pulsiert in leichtem Rot. »Jetzt lass uns doch mal nicht von der Hochzeit reden! Wir wollen Kartenspielen!«

»Komm, Purzelchen! Tu es für die Kinder! Die Bine freut sich doch so«, versucht Erich die knisternde Stimmung zu beruhigen.

Mit einem tiefen Seufzer betrachtet Erika erneut die Kartenreihenfolge. »Also, erst Karo, dann Buben, dann Damen, dann die Herz 10? Warum denn die 10?«

»Mutter!« Mittlerweile klingt Bines Stimme recht gepresst. »Nimm es einfach mal so hin! Es spielen die zusammen, die die Kreuzdamen haben.« Als ihre Mutter den Mund wieder öffnet, fährt die Tochter schnell fort: »Die gehören zur *Re-Partei.*«

Erika runzelt verständnislos die Stirn. »*Re* kenn ich vom Skat. Können wir nicht lieber Skat spielen?«

Schnell übergeht Erich diese Anmerkung, indem er fragt: »Und wer sind die ohne Kreuzdame?«

»Die sind die *Kontra-Fraktion.* Das wäre was für dich, Erika«, stichelt Tom.

Seine frisch angetraute Ehefrau tritt ihm auf den Fuß und blickt ihn flehentlich an, was er mit einem Schnauben quittiert.

»Hey, jetzt werd hier mal nicht unverschämt zu meiner Frau!« Erich übernimmt grummelnd Erikas Verteidigung, was ihm einen Luftkuss derselbigen beschert.

»Nur weil ich für die Hochzeit meiner einzigen Tochter das Beste wollte, lasse ich mich nicht in die *Kontra-Ecke* schieben.«

Bine seufzt tief. »Mama, Tom meint es nicht so! Jetzt kommt noch was Wichtiges! Wenn einer beide Kreuzdamen auf der Hand hat, nennt man das: Hochzeit. Dann sagt derjenige: *Vorbehalt!* und sucht sich einen Partner aus. Das wird der mit dem ersten Trumpf- oder Fehlstich.«

»Schön, dass du noch mal auf das Thema Hochzeit zu sprechen kommst. Ich bleibe dabei: Eure Hochzeitstorte war peinlich!« Aufgeregt beginnen Erikas Augen zu glitzern.

Toms Schnaufen wird lauter, er haut mit der Faust auf den Tisch. »Unsere Torte war nicht peinlich, die war klassisch!«

»Ich bitte dich! Dreistöckig mit Marzipan, die hat doch jeder! Das Geld hätte keine Rolle gespielt, wir wollten bezahlen! 16 Etagen! Mit Wasserfall! An die Torte hätten sich noch eure

Urenkel erinnert, *liebster Schwiegersohn!«*, pariert Erika mit zynischer Stimme.

Mit einem donnernden »Jetzt ist hier aber mal Schluss! Wir wollen Kartenspielen!« geht Erich dazwischen und sorgt damit für Ruhe. »Wir fangen einfach an, der Rest kommt beim Spiel.« Eifrig studiert er seine Karten. Nach einiger Zeit des Karten hin und her Sortierens ruft er: »Vorbehalt!«

Begeistert darüber, dass ihr Vater das Spiel zu verstehen scheint, fragt Bine: »Ja? Und?«

»Hochzeit! Ich heirate Erika!«, bestimmt Erich begeistert.

Vollkommen entnervt schmeißt Tom die Karten hin und lässt den Kopf auf die Tischplatte sinken. »Es ist hoffnungslos! Ich lass mich scheiden! Von diesen Schwiegereltern!«

Vollkommenheit

Tuula Schneider

Lilly ist zu spät dran, wie immer. Schneeverwehungen haben das zügige Vorankommen erschwert. *Wer heiratet denn auch mitten im Januar?*, denkt sie kopfschüttelnd und fährt ihren Mini schwungvoll auf den kleinen Wander-Parkplatz. Hier ist die Fotografin mit Bianca und Sven verabredet, denn das zukünftige Brautpaar möchte die Hochzeitsbilder vorab schießen lassen. Dafür eignet sich die nahe gelegene reizvolle Burgruine perfekt. Am Nachmittag findet dann die eigentliche Trauung in der Kapelle im Dorf statt.

Lilly schaut sich irritiert um. Etwas ist komisch. Nur das Auto von Bianca steht da, völlig verlassen. Allerdings hatte das Handy auf der Fahrt gepiepst, um eine eingehende Sprachnachricht zu melden. Ein Blick aufs Display: Die Message ist von Sven. Er würde sich wegen einer Autopanne verspäten und erst mal ein Ersatzfahrzeug organisieren müssen. Während Lilly die Nachricht abhört, schweifen ihre Augen suchend über den Parkplatz. Von Bianca fehlt jede Spur. *Egal, vermutlich ist sie schon mal voraus zur Burgruine gegangen. Kunden tun manchmal die seltsamsten Dinge – und aufgeregte Bräute sowieso.* Schulterzuckend packt Lilly die Objektivtasche, hängt sich die Kamera um den Hals und läuft los.

Sie folgt dem Waldweg, der steil bergan führt und nach einigen Windungen in eine große Lichtung mündet, wo sich alte Mauerreste trotzig in den bleigrauen, schneegeschwängerten Himmel recken. »Bianca? Biancaaaaa, wo bist duuuuu?« Stille ist die Antwort. Lilly umrundet die Turmruine, hinter der es eine sehr schöne freie Fläche gibt, die sich perfekt für Fotos eignet und wo sie Bianca vermutet.

Der Anblick, der sich Lilly bietet, verschlägt ihr den Atem. Da liegt Bianca in vollendeter Schönheit, scheinbar ruhend. Das reinweiße Brautkleid drapiert im Schnee. Langsam, fast zögerlich geht Lilly auf die Gestalt zu. Selbst die rote Blume wirkt augenscheinlich wie mit Absicht arrangiert. Eine kunstvolle Inszenierung. Eine rote Blume auf weißer Brust, eine Blume gezeichnet mit Blut. Das wunderschöne Gesicht totenblass, umkränzt von schwarzem Haar. Eine Kurosawa Kulisse. Lilly bleibt ergriffen stehen, geblendet von dieser unwirklich scheinenden Szene. Fast wie in Trance beginnt sie Fotos zu schießen, bis es durch ihren Verstand sickert − keine Kunst, grausame Wahrheit! Sie erstarrt. Hier liegt die zukünftige Braut tot im Schnee, in den über den Brüsten gefalteten Händen eine weiße Lotusblüte, das Zeichen der Unschuld und Reinheit. Es fängt zu schneien an. Dicke Flocken schweben sanft zur Erde, als wollten sie einen Mantel über Bianca ausbreiten, das Unglück verdecken. Lilly hält immer noch den Fotoapparat halb vor dem Gesicht, langsam löst sie sich aus ihrer Starre, lässt die Kamera sinken. Einer Welle gleich schwappen das Entsetzen und der Schock über sie. Ihr Herz hämmert so ungestüm, dass das Blut in den Ohren rauscht. Schwarze Flecken tanzen vor ihren Augen und ihre Knie schlottern unbeherrscht. Sie schlägt die Hände vors Gesicht, ein hysterischer Schluchzer entrinnt ihrer Kehle. *Ogottogott! … Polizei … Sven … Geplatzte Hochzeit … Du meine Güte, Mord! Der arme Sven, Himmel, was für eine schreckli-*

che Sache! Polizei, ja zu allererst Polizei rufen! Die Gedanken wirbeln durch ihren Kopf. Mit flatternden Händen sucht Lilly hektisch in ihren Taschen nach dem Handy, bis ihr einfällt, dass sie es im Auto gelassen hat. Gehetzt schaut sie um sich. *Irgendwer hat Bianca erschossen und vielleicht ist dieser Jemand auch weiterhin hier.* Lilly zwingt sich zur Ruhe – *jetzt keine Panik – atmen – zum Auto zurück und telefonieren! Jesses, Sven!* Der müsste auch jeden Augenblick hier aufkreuzen. In dem Moment raschelt es. Sie fährt herum, ihre Augen weiten sich, sie starrt den Mann an, der aus dem Schatten der Mauer getreten ist und eine Pistole in der Hand hält. »Marco? Was tust du hier?«

Vom Waldweg her hört man schnelle Schritte, und Svens atemlose Stimme ertönt: »Sorry, ich bin ein klein wenig zu spät.« Schwungvoll betritt er die Lichtung und prallt wie von einer unsichtbaren Faust getroffen zurück. Entgeistert wandern seine Augen über die Szene, springen hin und her, versuchen das Gesehene zu verstehen, streifen über Biancas Leiche. Sie wandern weiter zu Lilly, zucken zurück zu seiner Braut, um schließlich bei Marco zu stoppen. Fassungslosigkeit spiegelt sich in Svens Zügen und findet sich in seiner Stimme wieder, die seltsam leer und heiser, brüchig klingt: »Du ... Du warst das?«

Marcos Augen flackern eigentümlich und sein Blick ist starr auf Sven gerichtet. Mit schleppenden, seltsam eckigen Bewegungen kommt er langsam auf Sven zu, die Pistole auf ihn gerichtet.

Dieser steht einfach nur mit hängenden Armen da. Aus seinem Gesicht ist jede Farbe gewichen.

Die Miene von Marco verzerrt sich, blanker Hass sprüht aus seinen Augen. Er brüllt los, feine Speicheltropfen verteilend: »Du bist schuld! Du hast meine kleine Schwester kaputt gemacht! Sie war so rein, so perfekt. Du hast sie beschmutzt, hast ihr ein Kind gemacht. Wolltest sie mir wegnehmen. Wie konntest du sie nur so verderben? Ich habe sie wieder rein gemacht. Jetzt ist sie wieder vollkommen!«

Frau Müller und ihr Mann

Dorothe Reimann

Der Duft von Tabak zog durch den Raum. Es war die Marke ihres Mannes Tobias. Und dort am Fenster stand er, rauchend, nach draußen sehend. An den Wänden hingen Fotos der Kinder, und Frau Müller freute sich, dass alles so hübsch aufgeräumt war. Gerade legte sie den Putzlappen aus der Hand, als es klingelte. Die alte Dame öffnete die Tür und ihre Nachbarin Olga fragte sie, ob alles gut sei.

»Natürlich ist alles gut. Warum auch nicht?«

»Ich dachte, ich sehe mal nach Ihnen ...«

»Es geht mir gut. Mein Mann ist ja da und achtet auf mich. Danke. Auf ein anderes Mal.«

In die Wohnung zurückkehrend, schüttelte Frau Müller den Kopf. »Sie ist schon ein wenig neugierig, die Olga, nicht wahr, Tobias? Ob sie Streit mit ihrem Mann hat?« Er antwortete nicht, doch sie kennen sich so lange, sind vierzig Jahre miteinander verheiratet, da wusste sie einfach, was er dachte.

Olga ging leise in sich hinein lächelnd die Treppe hinunter in ihre Etage. Seitdem Frau Müllers Mann gestorben war, war sie doch ein wenig seltsam geworden ...

Der Ausflug

Claudia Wieland

Stoßstange an Stoßstange quälten sie sich über den einspurigen Rügendamm. Während schnittige *Westautos* mit überdimensionierten Wohnwagen oder Bootsanhängern im Schlepptau auf die Insel krochen, flüchteten Trabant, Wartburg & Co Stück für Stück in die entgegengesetzte Richtung. – Sommerglut, Ferienzeit!

Roswitha und Günter flüchteten nicht. Sie dachten gar nicht daran, schließlich wohnte das Paar auf der Insel. Also reihten sie sich mit ihrem himmelblauen *Trabant 601S de luxe* in die Schlange derer ein, die nordwärts rollten. Überhaupt, war es eigentlich *ihre* Insel, wollte man Roswitha Glauben schenken. War sie es doch, die Rügen als Lebensmittelpunkt für sich und Günter auserkoren hatte, im Urlaub '73. Damals, als Roswitha von morgens bis abends splitterfasernackt Wind und Wellen genoss, sich pausenlos in die Fluten stürzte und irgendwann entschied, dieses Freiheitsgefühl nicht mehr aufgeben zu wollen. Dass ihr Mann nun Tag für Tag zur Arbeit hin und zurück fast achtzig Kilometer bewältigen musste – egal bei welchem Wetter –, fand Roswitha nur gerecht. Dafür nutzte Günter ja stets und ständig den einzigen Wagen. Roswitha sagte tatsächlich Wagen, nicht Auto, so wie es bei ihr auch Gefäß anstatt Topf hieß, oder Örtchen und nicht Klosett. Jedenfalls sah sich Roswitha aufgrund dessen gezwungen, ihre täglichen Besorgungen per Fahrrad zu erledigen. Und sie hatte viel zu befördern! Neben ihrer Arbeit bei der örtlichen SERO-Altstoffannahme betrieb sie, wie viele andere DDR Bürger auch, einen kleinen aber feinen Warentausch. Heimlich natürlich! Wozu saß sie an der Quelle? Sie tauschte Alt gegen Neu: Verbeulte Kotflügel, gebrochene Kurbelwellen, Stoßdämpfer, Lichtmaschinen – einfach alles, was reparaturfähig aussah, schleppte sie zu Manni. Im Gegenzug bekam sie ungarische Salami, Exportbier, Baumaterialien und Modezeitschriften *aus 'm Westen*. Roswithas Geschäfte florierten wunderbar. Ohne sie läge sicher so manche Banane nicht auf Günters Teller, wäre das Bad nicht gefliest und ein Auto – nein, ein Auto hätten sie ganz bestimmt nicht. Aber Günter schien das egal, nannte ihre Wertstoffe *Krimskrams* und beschwerte sich über die volle Garage. Dieses Dilemma war es auch, was Roswitha allabendlich eine dramatische Schicksalsmaske aufs Gesicht legte, wenn sie dem Gatten von ihrem *ach so ermüdenden* Tag erzählte. Doch Günter ignorierte sie geflissentlich, denn die Theatralik seines Eheweibes belastete ihr beider Leben!

So hockte Roswitha jetzt stocksteif neben *ihrem* Mann in *ihrem* himmelblauen *Trabant 601S de luxe,* und wie immer hatte sie *ihren* Wochenendausflug auf dem Festland entsprechend der Öffnungszeiten der Rügendamm-Brücke ausgerichtet und die Pausen strikt durchgeplant. Aber Günter musste infolge der defekten Wischwaschanlage zeitweise langsamer fahren als berechnet. Und da ihr Mann generell nicht Willens war, Ersatzteile auf Vorrat zu besorgen – so wie es Roswitha dauernd tat –, hingen sie nun in diesem nachmittäglichen Durcheinander röhrender, hupender, drängelnder Fahrzeuge fest, die wohl alle, bis auf sie selbst, zur Fähre nach Schweden rollten.

Die Schwüle drückte so ätzend, dass Günter – obgleich Roswitha sein Tattoo aus Matrosenzeiten peinlich fand, mit aufgekrempelten Ärmeln hinter dem Steuer kauerte. Er krallte die Finger in das durchgeschwitzte Fell des Lenkradbezugs und fluchte: »Dieser saublöde Sprühkopf, von wegen zweistrahlig! Plätschert wie *Manneken Pis* im Rundbogen gegen die staubige Frontscheibe, aber sowas von!«

Angesichts der quietschenden Wischerblätter, deren hoher Frequenzton Roswitha längst ins Hirn gezogen war und ihren bis dahin latent vorhandenen Kopfschmerz ins Unermessliche gesteigert hatte, korrigierte sie jetzt ihre Körperhaltung von steif nach stocksteif. Das Haupt – der Dauerwelle wegen, starr aufrecht haltend, streckte sie den Hals wie jene Damen zu Zeiten *Maria Stuarts* in ihren kinnhohen Kragen aus Plissee. Dabei trug Roswitha ein ärmelloses Etuikleid mit tiefgeschnittenem Dekolleté, und ihre Brüste taten es ihrer Mimik gleich: Sie wiesen spitz nach vorn. Der knappe Stoff über den Schenkeln hielt die Spannung, dass selbst die nackten Knie irgendwie pikiert wirkten und der eben noch anmutige Leib vollkommen Roswithas Schmerz skizzierte. Schnell eine Plastetüte aus der Tasche gezogen, dann rülpste sie, würgte, und schon kam es in einem Schwall. Perfekt!

Als sie sich ihre Hand auf die feuchte Stirn legte, fragte Günter: »Geht's?« Dabei schaute er kurz zu ihr hinüber. Für einen Moment hoffte er auf ein Lächeln seiner *Mona Lisa*, stattdessen aber kam ein beleidigtes: »Hm.« Und nicht nur das! Roswitha passte die Modulation ihrer nachfolgenden Worte ihrem aktuellen Leidensstadium an. In wohldosierter Lautstärke – nicht zu laut wegen des eigenen Kopfwehs, aber doch so, dass Günter sie über das Tuckern des Motors hinweg hören würde – erhob sie Anklage: »Es ist schon ein

Kreuz …«, klagte sie und erbrach ein weiteres Mal, wobei nur Galle in die Tüte spritzte.

Günters Blick wanderte Roswithas schmalen Hals entlang, vorbei am kleinen Muttermal hinter ihrem Ohrläppchen, weiter nach unten bis zum Ausschnitt; die Form ihrer drallen Brüste hatte noch immer etwas anziehend Kühnes, nahezu Wollüstiges. – Keine fünf Jahre war es her, da entdeckte Günter sie mit wilder Haarpracht, in Kniestrümpfen und Minikleid tobend auf der Tanzfläche. Damals verfiel er ihr sofort. Hin und weg von ihrem Sexappeal, nannte er sie seine *Gräfin Cosel* und machte Sachen mit ihr …

Während Günter die Augen wieder auf die Straße richtete, gewahrte er ihr überlautes Schweigen, und er wusste, dass sie eine Geste des Einvernehmens erwartete. Ein Nicken, ein: »Ja, Häschen, du hast ja Recht, Häschen, hätte ich nur vorher mal bei Manni so einen Sprühkopf besorgt – egal zu welchem Preis, das rentiert sich schon!« Verdammt ja, hätte er mal! Schließlich wollte er Sex mit ihr, aber nicht das sterile *Gefummle* unter der Bettdecke, das sie ihm seit Monaten bot; davon wurde er langsam impotent!

Es wurde ein langsames Grunzen, das sowohl der Brühe aus Wasser, Dreck und Blütenstaub gelten mochte, die im Halbkreis über die Frontscheibe schlierte und Günter die Sicht versperrte. Oder es meinte die säuerlich stinkende Tüte auf Roswithas Schoß, deren suppiger Inhalt aus unverdauten Essensresten *schwipp, schwapp* hin und her schaukelte wie die Ähren da vorn auf dem Getreidefeld. Auf die eine oder andere Weise meinte sein Grunzen vermutlich: »Ja, Häschen!«, denn Roswitha pustete sich zufrieden den feuchten Pony aus der Stirn, hielt die Brechtüte mit spitzen Fingern von sich fern und rief dem Schweden im schwarzen Volvo-Kombi vor ihnen unvermittelt zu: »Nun fahr doch endlich, du Blödmann!«

Obgleich Günter ein defensiver Kraftfahrer war und meinte, alle Facetten seiner Frau zu kennen, kam dieser Ausruf für ihn so plötzlich, dass er selbst aufs Gaspedal drückte; schon krachten die Stoßstangen aneinander. Und als hätte ein Aufprall nicht ausgereicht, schnellte der himmelblaue Trabi wie ein Gummiball zurück, tuschierte den rückwärtigen Mercedes mit Westberliner Kennzeichen, sodass Roswithas Hand gegen das Armaturenbrett schleuderte und sich der Inhalt der Spucktüte genau über ihrem Ausschnitt ergoss. »Hilfe!«, schrie sie wie am Spieß.

»Ach Gott, ach Gott!«, brummte Günter vorwurfsvoll, denn seine Angetraute machte, wann immer sie konnte, aus einer Mücke einen Elefanten.

Ob Roswitha just in diesem Moment solcherlei Sprachfeinheiten erfasste, blieb unklar, denn sie hyperventilierte bereits, griff sich in den Ausschnitt ihres Etuikleides und zerrte daran, als wäre sie am Ersticken. Roswitha fiepte und fiepte … Sie schien dem Tode nahe.

Günter schnallte sich ab, stieg aus, prüfte die vordere Stoßstange und schlurfte hinüber zum Volvo – erstmal Zeit gewinnen, viel Zeit! »Min Fru …«, stammelte er unbeholfen und ahnte nicht, dass der Schwede, der ebenfalls dazustieß, das verstand; Günters *platter* Versuch, sich verständlich zu machen, bedeutete auf Schwedisch nämlich genau das, was er hatte sagen wollen: Meine Frau …

»Är hon skadad?«, reagierte der Blondschopf in Kniehose und Badelatschen auf den sprachgewandten Günter, der darauf nichts erwiderte. Also versuchte es der Volvo-Fahrer noch einmal auf Englisch: »Is she injured?«

»Wie?«

Der Schwede zog alle Register. »Bolno?«, fragte er besorgt auf Russisch und hielt sich den Kopf.

Günter winkte ab und meinte: »Nee, nee, … keine Beule, sie schreit nur.«

»Nawerno?«, vergewisserte sich der Schwede noch einmal, dass Roswitha wirklich nichts Ernsthaftes zugestoßen sei.

»Nicht Werner, … meine Frau! Die beruhigt sich gleich wieder«, murrte Günter und musterte das Getreidefeld, als ob er darüber nachdachte, an dessen Rand Mohnblumen zu pflücken. Plötzlich schob er Daumen und Zeigefinger übereinander und zog seine Geldbörse aus der Gesäßtasche. »Polizei oder Money?«, fragte er.

Der Schwede verstand nicht gleich, da winkte der ebenfalls hinzugetretene Mercedes-Mann ab und drückte Günter einen Fünfzig-D-Mark-Schein in die Hand. »Ist gut Kumpel, eure Polizei will niemand!«

Der Schwede nestelte in seiner Hose, um ebenfalls eine Banknote hervorzuziehen.

»Kronen?«, wunderte sich Günter hörbar, steckte das Geld jedoch in die Brusttasche seines Hemdes.

In diesem Moment kippte Roswitha aus dem Auto.

»Oh my god, she's dead!«, rief die schwedische Beifahrerin, stürzte aus dem Fond und rannte hinüber zum Trabi, während sich ihre zurückgelassene Kinderschar an der Seitenscheibe des Volvos die Nase plattdrückte.

Günter raufte sich das spärliche Haar. »Nein, nein, das ist ein Irrtum, sie tut …!« Roswitha brachte ihn mit ihren Allüren noch ins Grab.

Als plötzlich auch der Mercedes-Mann losmarschierte, latschte er eiliger hinterher als gewollt. Das Bild, was sich

Günter darbot, war grotesk: Die blonde Schwedin hockte vor seiner Frau, die am Straßenrand lag als wolle sie gebären, und redete in einem fort auf sie ein: »Keep breathing! Calm down! That's fine. You can it! Yes, you ca...!«

Roswitha versuchte unterdessen, die Aufmerksamkeit so lange wie möglich auf sich zu ziehen, quiekte wie ein Schwein vor der Schlachtbank, ließ sich Luft zufächeln und den Puls nehmen.

Nun griff auch noch der Mercedes-Mann nach ihren Beinen und hielt sie nach oben, damit das Blut schön ins Gehirn fließen konnte. – Was auf jeden Fall floss, war der Stoff des Etuikleides. Zug um Zug rutschte das weiche Gewebe in Richtung Roswithas Schoß, entblößte bald vollständig ihre schlanken Beine und legte ansatzweise den schwarzen Slip frei.

Am liebsten hätte sich Günter die *Brechtüte* geschnappt, nach dem fiependen Kopf seiner Frau gegriffen, die Plastetüte darübergestülpt und auf diese Art Roswithas Hyperventilation gestoppt. Aber er hatte Angst, man würde ihm hier, auf offener Straße, einen Tötungsversuch unterstellen. Dabei ist doch die Behandlung *Tüte über den Kopf* eine bewährte Methode im Umgang mit hysterischen Personen. Zudem hätte sich Günter noch gern ein klein wenig an ihr gerächt, denn der säuerliche Geruch von Erbrochenem über dem Kopf, na ja – war ganz sicher nicht angenehm. Doch er tat nichts dergleichen, ging stattdessen an dem Trio vorbei, öffnete die Kofferraumhaube und entnahm dem Trabi in aller Ruhe einen durchsichtigen Kanister mit Wasser. Günter schraubte den Deckel ab ... und trank.

»Help me, please!«, flehte die Schwedin, als Roswitha plötzlich begann, ihren Körper wie eine Epileptikerin zu schütteln. – Des Dramas dritter Teil!

Günter kroch hinter dem Kofferraum hervor, stellte sich neben das Dreiergespann, beugte sich über seine Frau und flüsterte süffisant: »Das wird schon.« Dann hob er den Wasserkanister hoch und kippte den Inhalt über Roswitha, bis sie prustete. »Nix tot!«, konstatierte er emotionslos und schleuderte den leeren Behälter in den Straßengraben.

»Oh my dear«, tröstete die Schwedin, als Roswitha sich aufsetzte und schluchzend klagte: »So ist er immer. Nie, nie, nie nimmt er Rücksicht auf mich!«

Der Mercedes-Mann hielt Günter eine Schachtel *Lucky Strike* unter die Nase. »Na, auch eine?«, fragte er mitleidig. »Nimm ruhig alle, Kumpel, die machen glücklich. Hast es ja nicht leicht, wa?«

Günter schüttelte den Kopf. »Nee …« Weiter kam er nicht, denn in dem Moment dröhnte ein Motorrad neben ihnen. Manni!

»Na, Probleme?«, schrie der langhaarige, ziemlich kleingewachsene Mann mit dem gewaltigen Bizeps. »Scheiß Stau, was?«

»Mach mal die Karre aus …«, gab Günter zu verstehen.

»Geht nicht – Probefahrt. Kickstarter nicht dabei!«, erklärte Manni über das Röhren seiner Maschine hinweg und tätschelte den Tank seiner MZ wie ein Reiter sein Pferd. »Hat Roswitha wieder Kreislauf?«

»Hm, so ähnlich.«

»Na komm, ich fahr sie schon mal rüber. Für mich gibt's ja keinen Stau, da kommt sie auf andere Gedanken!«

Günter überlegte. Doch, noch bevor er sich entscheiden konnte, stand Roswitha auf ihren hübschen Beinen, klackerte in hochhackigen Pumps zu ihm, zog das Geld aus seinem Hemd und flüsterte: »Ach ja, Güntili, erlaub's deiner Rosi – da kommt sie wirklich mal auf andere Gedanken!« Kaum ausgesprochen, schwang sie sich hinter Manni aufs Motorrad.

»Tja, was willste machen«, rief Manni dem verdutzten Günter zu, während er Roswitha auf die rechte Pobacke klatschte, dass sie quiekte, »... bei der Figur! Diesen Rundungen kann sich keiner entziehen, was Günter?« Manni kniff schelmisch das rechte Augenlid zu, drehte das Gas auf und rief beim Anfahren: »Morgen hast du sie wieder!«

Günter nickte. Eine Weile schaute er dem wehenden Fuchsschwanz hinterher, der am Gepäckträger von Mannis MZ im Fahrtwind flatterte, dann sprang er leichtfüßig in den Straßengraben, bückte sich nach dem leeren Kanister und legte ihn in den Kofferraum zurück.

»Alles klar?«, fragte der Mercedes-Mann, als er seine Hand tröstend auf Günters Schulter ablegte.

»Klar Mann! Hab ich einen entspannten Abend, kann in Ruhe Sport gucken. Was will *Mann* mehr?«

»Und deine Frau?«

»Kommt wieder, ... wenn Manni erst hinter die Kulissen schaut. Mit *der* hält es kein anderer lange aus!«

Die Braut von Cluster Hall

Ray Yannick Allgaier

Der Vorabend unserer Hochzeit hätte unsere wertvollste Erinnerung werden sollen.

Unsere Ehe stand unter dem hellsten aller Sterne: Der Krieg war lange vorbei, und der Wohlstand unserer Familien in jenem Sommer stark angewachsen. Und doch kann ich auch heute noch nicht in seiner Gänze verstehen, was sich an jenem Abend zutrug.

Verschwommene Erinnerungen, verzerrt im Kaleidoskop meines Bewusstseins.

Das Fest – Rebeccas Lächeln und ihr Brautkleid – Cluster Hall, seit Jahrhunderten der Wohnsitz meiner Familie, sonnenbeschienen, inmitten uralter Eichen.

Nur Fetzen – wenn ich wach bin.

In meinen Träumen aber werde ich von einer Gestalt heimgesucht, die ich seit Jahren vergessen möchte: Lilith, mit der ich eine Affäre hatte, kurz nach dem Ende des Krieges. Ich versuche zu vergessen, weil sie bei unserer letzten Begegnung ein Messer hervorzog. Ich hatte sie für Rebecca verlassen, die eine sehr viel bessere Partie war und die Liebe meines Lebens werden sollte.

In meinen Albträumen steht Lilith mit durchschnittener Kehle hinter Rebecca, lautlos lachend. Sie setzt ein Messer von hinten an den Hals meiner Braut – und schlitzt ihn auf.

Ich erwache, Rebeccas Schrei in meinem Geist, meinen eigenen in den Ohren.

Nachdem sie an jenem Abend gefunden wurde, ein Messer neben sich, die Kehle durchtrennt, brachten sie mich hierher. Seitdem ist meine Erinnerung wie ein zerfetztes Leichentuch.

Ich höre Schritte. Sie bringen das Abendessen.

Und natürlich meine Medizin.

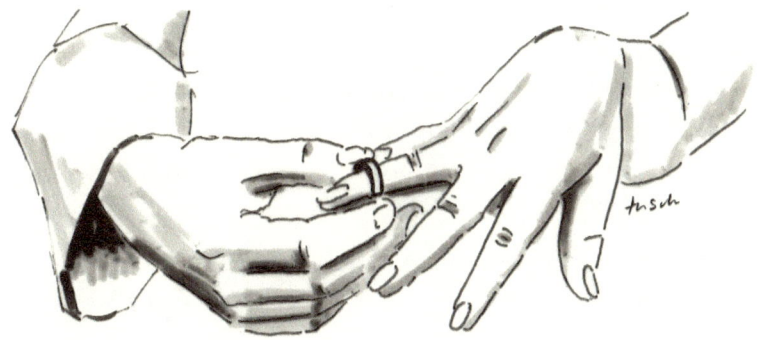

Verkehrsberuhigung

Bernd Daschek

»Huaa!« Helga streckte sich gemütlich im Bett. »Schon neun Uhr! Was ist denn mit unserem Nachbarn los? Hat der verpennt oder ist im Urlaub?« Sie schaute sich nach ihrem Mann Erwin um und fand ihn schließlich am Fenster. »Na, drüben etwas entdeckt?«

Zufrieden kratzte sich Erwin am Bart. »Jo, das kann man so sehen – oder nich sehen. Wie du möchtest, Schatz. Ich sollte mich ja nun kümmern, nich!«

Seit Monaten nervte der neureiche Gregor von Puddel auf dem Nachbargrundstück mit seinem Lärm. Schon weit vor sieben Uhr sprang er lauthals und mit gekonnter *Arschbombe* in den Pool vor der protzigen Villa.

»Nun sag schon, Erwin, ist er da? Und, was haste denn gemacht? Du hast ihm hoffentlich nicht gedroht, sonst schickt der uns wieder seine Anwälte auf den Hals. – So wie vor einer Woche. Ich weiß immer noch nicht, was das sollte.« Helga richtete sich auf und grübelte. »Erna hat doch nur im Sandkasten gespielt. Wie kommt der denn da auf Beleidigungen? Das ist doch albern, von einem siebenjährigen Kind. Also wirklich!«

Ein Grinsen huschte über Erwins Gesicht. Es gab da ein paar Worte, die er klein Erna vorher beigebracht hatte. Er zeigte ihr auch, in welche Richtung diese Wörter immer zu brüllen seien. Der alte Kapitän Erwin hatte nämlich Ozeandampfer mit seiner Enkelin gespielt. Da man sich auf See und unter richtigen Männern nun einmal etwas derber ansprach, Worte wie *Flachwichser* oder *Tuntenarsch* dabei keine Seltenheit sind, mussten diese von Ernachen stilecht zum Nachbarn gebrüllt werden. Der hatte es aber auch verdient. »Es is ja nu so, Schätzchen, dass bei dem seine Partys auch viel an Dreckzeuch hier rüberkömmt, nö? Daran hatte ich seinen schnieke Advokatus erinnert.«

»Hu, ja wäre das schön, wenn der heute auch seine Nutten-Party mit den Yuppie-Freunden ausfallen ließe. Ein Rein und Raus, alles direkt bei uns vorbei. Der reinste Straßenverkehr!«, regte sich Helga auf.

»Jo, bei dem seine Bordsteinschwalben bekommt dat Wort *Straßenverkehr* gleich nen annern Sinn, hä, hä! Is ja man auch nen Nadelöhr, der kleine Weg. – Aber jetzt ist Ruhe im Karton, und du brauchst dich nich mehr aufregen, Schatz.« Das tat Helga bei ihrer Herzerkrankung nun gar nicht gut, was Erwin wusste und deshalb war es auch Zeit zu handeln.

»Egal, Liebling, ich genieße die Stille.« Zufrieden zog Helga die Bettdecke hoch. »Schön, dass du ihn zur Einsicht gebracht hast, der Lärm wäre sonst mein Tod gewesen.«

Erwin schaute aus dem oberen Stock des kleinen Häuschens, in dem die Schlafkammer lag, etwas genauer in den Pool seines Nachbarn. »Dod, jo, ich hab da was gesehen, im Fernsehen. Wenn einer dod is, dann soll es man vorkommen, dass der dabei ne Erek… – na, nu, nen *Harten Mann* kricht. Ick glaub dat stimmt!«

»Du nun wieder!« Helga grinste. »Gut, heute Abend gibt es Kuscheln, mein Kapitän a.D. Wäre ja gelacht, was der da drüben kann, können wir schon lange. Auch mit 70!«

»Jo, Mächen, dat könn wir! – Dat mit de Strom, und dat man davon krause Haare kricht, dat stimmt wohl auch …«

»Aaah!« Ein Schrei von Helga riss Erwin aus seinem Vortrag. »Wo sind denn die Fische, meine kleinen Schätzchen?«

»Ach Helga, nich ufrejen!«, beruhigte Erwin. »Da hab ich auch wat gesehen, auch so ne Dokumen... Na, so was zum Lernen. – Die gehen manchmal auf Wanderschaft.«

Helga schaute verwundert. »Wer, meine Fische?«

»Na, nu – so grundsätzlich. Gerade deine. Wenn die aufem Trockenen sind, dann finden die automatisch dat nächste Wasser. Wie so ein Seemann – kann deine Viecher verstehen.« Erwin drehte sich lächelnd zu seiner Frau um.

»Aber du wirst sie doch wiederfinden, Erwin, mit deinem Gespür?«

»Aber klar doch!« Erwin winkte ab. »Ich hab auch schon so ne Ahnung, wo deine Lieblinge sind. Die bekommen wir bestimmt bald zurück, deine geliebten Zitteraale, hä, hä!«

Der Vertreter

Nicole Weiche

Frank konnte das Genörgel seiner Frau nicht mehr ertragen. Bereits seit halb neun lag sie ihm mit all den Dingen in den Ohren, die er tun sollte. Vieles war liegen geblieben. Letzte Woche kam ein wichtiger Auftrag herein, weswegen er seinen Urlaub verschieben musste. Als selbstständiger Mörder war er gezwungen, flexibel zu sein, um sich nach den Wünschen seiner Klienten richten zu können.

Sehnsüchtig dachte er an die Zeit, als Töten, Morden und Ausweiden nur ein Hobby für ihn war – ein lustiger Zeitvertreib oder Entspannung nach einem langen Tag. Durch Zufall war es ihm gelungen, sein Hobby zum Beruf zu machen. Inzwischen wusste er kaum noch, wann er das letzte Mal einen Mord genossen hatte oder auch nur die Zeit fand, einen Menschen Stück für Stück zu zerlegen. Früher ging es ihm tief unter die Haut, wenn er das Herz eines Menschen berührte. Bei seinen Aufträgen zählte nur das Ergebnis, nicht das erhabene Gefühl der Macht über Leben, Tod und Erlösung. Für einen kunstvollen Mord wollte heutzutage niemand mehr Geld ausgeben!

Frank liebte seine Nancy für ihre Unterstützung: Sie kochte, wusch die blutigen Hemden strahlend weiß und tröstete ihn, wenn das Mörderkollektiv aus Israel – das Trendlabel in Sachen Auftragsmord – die besten Jobs erhielt.

Doch auch Nancy war unzufrieden, seine Tätigkeit nahm zu viel Zeit ein. Manchmal blieb er tagelang weg. In dieser

Zeit war sie allein und musste sich mit Frau Schmidt herumärgern.

Ihre Nachbarin tat alles, um Zwietracht zu säen. Sie belächelte Nancys Gemüsegarten und gab damit an, dass ihre eigenen Fenster sauberer wären.

Nancy konnte dann schlecht damit kontern, dass sie einen Menschen einmal sechs Stunden gefoltert hatte, ohne dass dieser auch nur in Ohnmacht fiel – vielleicht sollte sie die Alte einfach zum Essen einladen, um ihr danach zu zeigen, was sie noch alles mit ihren Messern anstellen konnte?

Ja, ihr Hobby hatte das Ehepaar verbunden, doch inzwischen kamen sie kaum noch dazu, es gemeinsam auszuüben. Außerdem wurden sie älter und hatten sich in dem kleinen Landhaus ein nettes Leben aufgebaut, wobei niemand wissen durfte, was sie taten. Zeit für Reisen mit dem Wohnwagen oder das Tranchieren von ein oder zwei Menschen gab es nur noch im knapp bemessenen Urlaub.

Gerade wollte Frank den wackelnden Tisch reparieren, als es klingelte. Noch mit dem Hammer in der Hand ging er an die Tür.

Ein Mann im Anzug stand dort und begrüßte ihn: »Guten Tag. Heute verändert sich Ihr Leben!«

»Ich habe keine Zeit«, sagte Frank.

Nancy rief aus dem Wohnzimmer: »Außerdem habe ich dir schon letzte Woche gesagt, dass du den Zaun reparieren musst. Der dämliche Köter von der Schmidt ist schon wieder in unseren Garten getrampelt und hat meine Tomatenpflanzen angepinkelt.«

»Mit dem neuen Putzwunder 2000XXL Plus leben Sie nicht nur ökologischer, sondern auch günstiger«, redete der Vertreter weiter.

»Ich habe wirklich kein Interesse«, knurrte Frank genervt.

»Weil Sie das Putzwunder 2000XXL Plus noch nicht kennen, doch ich werde es Ihnen zeigen.« Schwungvoll zog der Mann eine Pipette hervor und bespritzte Franks Hemd mit einer öligen, schwarzen Flüssigkeit.

»Was soll das denn?«, fragte Frank verärgert.

Nancy kam nun ebenfalls an die Tür, um dort weiter zu schimpfen: »Du hörst mir nie zu! Und was ist da auf deinem Hemd? Das habe ich doch erst gewaschen!«

»Keine Sorge, das Putzwunder 2000XXL Plus macht alles in Windeseile wie neu«, erklärte der Vertreter, holte eine Sprühflasche hervor und bespritzte erneut Franks Hemd.

Um den schwarzen Fleck bildete sich ein rosafarbener Rand.

»Oh, Ihr Hemd ist doch nicht etwa aus einer Chemiefaser? Kein Problem, wenn Sie mich nur kurz reinlassen«, sprach der Verkäufer weiter, während er sich an Frank vorbeischob, »zeige ich Ihnen, was das Putzwunder alles auf Teppichböden ausrichten kann.«

In einer schnellen Bewegung holte Frank aus und schlug dem Mann den Hammer auf den Kopf.

Dieser ging sofort zu Boden und blieb reglos liegen.

»Scheiße!«, fluchte Frank leise. Auch wenn es ihn nicht störte, Menschen zu töten, war dies zu Hause mehr als unprofessionell.

»Na wunderbar, selbst hier arbeitest du noch!«, schimpfte Nancy. »Ich will, dass du ihn sofort verschwinden lässt! Du hast mir versprochen, dass wir dieses Wochenende nur für uns haben!«

Frank seufzte. »Das war doch keine Absicht, Schmuddelmäuschen. Niemand hat mich dafür bezahlt.«

»Sicher? Er sieht aus wie jemand, für dessen Tod man zahlt«, sagte Nancy misstrauisch.

Der Vertreter stöhnte leise. Eine Hand hielt er an seinen Kopf und nuschelte: »Ich glaube, ich hatte das Bewusstsein verloren.«

Nancy nahm Frank den Hammer ab und schlug dem Vertreter nun selbst auf den Kopf, immer und immer wieder, bis er endgültig tot war. »Das hat gut getan«, erklärte sie mit einem Lächeln. »Er muss aber trotzdem weg.«

»Aber nicht in meinem Auto, ich habe die Sitze grade erst gereinigt!« Frank legte nachdenklich eine Hand an sein Kinn. Wohin mit der Leiche? Man könnte sie essen und den Rest im Hausmüll entsorgen. Doch den Fehler, dies Nancy vorzuschlagen, würde er nicht noch einmal machen. »Was hältst du von einem Säurebad?«

»Wir haben Plastikrohre. Das geht nicht!«

Widerwillig nickte Frank. Seit es die ganzen Crime Serien im Fernsehen gab, hielt sich jeder für einen Experten, selbst seine Frau. Normalerweise tötete er seine Opfer an Orten, an denen man sie liegen lassen konnte. Das fiel natürlich aus, auch wenn die Leiche hier ebenfalls verrotten würde. Der Geruch allein … »Wir könnten ihn an die Schweine verfüttern, die von Tante Elvira. Mit der Schubkarre bekommen wir ihn bis dorthin.«

»Auf keinen Fall. Meine Tante würde sich zu Tode erschrecken, wenn sie etwas mitbekommt. Und wage es ja nicht vorzuschlagen, den Kerl in meinem Garten zu vergraben!«

»Aber das wäre doch guter Dünger!«

»Nein! Ich habe wirklich genug. Das Haus, die Schmidt und nun auch noch die Leiche!«

Da hatte Frank die Idee, die einfach alle Probleme lösen würde. Stolz verkündete er: »Ich weiß jetzt, was wir mit dem Kerl machen, Schmuddelmäuschen. Wir vergraben ihn nachts im Garten von der Schmidt.«

»Ihr blöder Hund wird ihn ausbuddeln.«

»Und dann glauben alle, die Schmidt hätte ihn getötet.«

Nancy überlegte kurz, dann gab sie ihrem Frank einen Kuss. »Ich liebe dich, mein Honigbärchen!«

»Und ich liebe dich!«

»Tut mir leid, dass ich manchmal so ausraste.«

»Ist schon gut, ich liebe dein Temperament. Schon als ich sah, wie du deine Schwester mit dem Telefonkabel erwürgt hast.«

»Das war nach unserem ersten Date – ein warmer Frühlingstag, du hattest mir Maiglöckchen gepflückt«, erinnerte sich Nancy, während sie sich an ihren Mann schmiegte.

Herz aus Gold

Dorothe Reimann

Ich komme von der Arbeit nach Hause, muss die Tür mit Gewalt aufschieben. Wahrscheinlich hat der Mann schon wieder seinen Mittelalterkram im Flur verteilt. Das Chaos sehend, brülle ich sofort los: »Jonas! Was ist das hier alles?« Stapelweise seltsame Gewänder, das große Sachsenzelt, jede Menge Rüstungsteile.

»Verdammt! Wo bist du?« Wütend trete ich die Trippen durch die Gegend. Helm, Handschuhe, alles liegt hier herum, sodass ich in die Küche balancieren muss.

Da sitzt Jonas, Stöpsel in den Ohren, und hört wahrscheinlich in vollster Lautstärke seine Lieblingsband Onar, nähend.

Stimmt, davon hatte er gesprochen, das Gewand ist beim letzten Kampf eingerissen. Mein Mann fährt zu jedem Heerlager, das irgendwo in der Nähe ist. Ausgerechnet Mittelalter! »Jonas!« Ich rüttele an seiner Schulter.

Er blickt von seiner Näharbeit auf, zieht sich die Kopfhörer aus den Ohren und schaut mich mit seinen großen braunen Augen an, die vor Begeisterung über das baldige Ereignis leuchten. »Da bist du ja! Ist es so spät? Vollgetankt ist der Wagen, oder? Den brauch ich doch. Und deinen Kram hast du auch rausgetan, ja?«

Ich nicke.

Er springt mit der Nadel in der Hand auf, der dicke Faden reißt nicht. Während Jonas durch die Tür eilt, schleppt er den Gambeson hinter sich her.

Ich schüttele den Kopf, in einer Mischung aus Ärger und Resignation. Ich seufze. Manchmal – manchmal wäre es mir lieber, ich hätte einen anderen Mann geheiratet, einen, der das Geld für Gartenmöbel ausgibt, nicht für das Replikat eines original Trebuchet. Zum Glück nicht in Originalgröße. Wieder einmal überlege ich, wann er etwas anschleppt, das unter das Kriegswaffengesetz fällt.

»Annette?«

»Ja?« Meine Augenbrauen sind so hochgezogen, dass sie meinen Haaransatz berühren.

»Hilfst du mir mit dem Geraffel?«

»Wo ist denn Clemens? Wollte der nicht mitkommen?«

Jonas seufzt auf. »Ach, das weißt du noch gar nicht. Clemens ist im Krankenhaus. Seine Frau bekommt das Baby. Er kommt dann morgen nach.«

»Was? Im Ernst jetzt?«

Jonas sieht mich an. »Ich hab auch gesagt, wenn er Montag wieder da ist, würde das doch auch reichen … Fand Doris wohl nicht so witzig. Sie hat ihm gedroht, mit ins Lager zu kommen und das Kind da zu bekommen.« Er zuckt mit den Schultern und macht sich an das Aufsammeln seiner Sachen.

Ich helfe ihm dabei, bemerke aber, dass mein Mann anders ist als sonst.

Recht schweigsam packen wir den Wagen voll bis unters Dach.

Als wir endlich fertig sind, wische ich mir über die Stirn. »War das dann alles?«

Jonas nickt. Er wirkt traurig, finde ich. Enttäuscht, wahrscheinlich weil er allein fahren muss.

»Was ist denn mit den anderen aus dem Heerlager? Sind die wenigstens da?«

»Vielleicht der Dietmar – und der Torge, aber deren Frauen nicht. Die mögen wohl kein Mittelalter – genau wie du.«

»Aber ich mag doch Mittelalter! Schließlich haben wir auf dem Spektakulum geheiratet! Es ist oft nur schrecklich viel zu tun!« Ich rede mich künstlich in Rage, denn ich weiß, dass dieser Grund nur vorgeschoben ist.

*

Unsere Hochzeit vor vier Jahren war wirklich etwas Besonderes. Alle aus dem Heerlager feierten mit, da gab es Wikinger, Hunnen, die verschiedenen Stämme der Germanen. Ja, weil es ein Fantasie-Spektakulum war, hatten wir sogar eine orkische Band. Aber das ist so lange her ... Ich bin jetzt reifer, erwachsener, kümmere mich um wichtige Dinge, bin befördert worden und trage Verantwortung. Bedeutet das aber im Umkehrschluss, dass Jonas ein Kind ist? Ein Bub, um den ich mich kümmern muss? Dass er ewig so bleibt, mit seinem mittelalterlichen Kram? Andererseits – habe ich denn das Recht, das abzutun als Spleen?

*

Mir fallen die Plattenhandschuhe aus der Hand.

Jonas, der mit dem Kopf unter der Motorhaube steckt, schreckt hoch, stößt sich den Kopf und brummelt: »Meine Handschuhe! Die sind ganz neu!«

»Sag mal, hast du noch mein Mittelalterkleid, oder ist das verkauft?«

»Nein, das hab ich noch. Wieso?«

»Dann hol das doch bitte, ja? Ich fahre mit! Die Zeit kann mich mal!«

Er starrt mich an, eine volle Minute, mit seinen weit aufgerissenen, großen braunen Augen. Dann rennt er los, ein Lied pfeifend, das früher unser Lieblingslied war. Es heißt: *Heart of Gold.*

Ihr größtes Abenteuer

Sandra Karin Foltin

Wisgard und Leif Svenson saßen in ihrem Garten, so, wie sie es seit fast sechzig Jahren gerne taten. Es wurde schon kühl, die ersten bunten Blätter fielen bereits von den Bäumen. Es ließ sich nicht leugnen, der Herbst schlich langsam heran. Astern, Chrysanthemen und Dahlien blühten wunderschön in ihren satten Farben. Das Ehepaar war schon den ganzen Nachmittag draußen, und jetzt wurde es langsam diesig. Beide betrachteten den steinernen Hammer Mjölnir, der am Ende des Gartens stand. Leif hatte ihn früher dort aufgestellt, als Schutzsymbol. In diesem beginnenden Zwielicht sah der Hammer aus, als wartete er nur auf Thors Hand.

Wisgard hatte für sie beide dicke Wolldecken herausgelegt, in die sie sich einhüllten. *Im Alter friert man doch leichter,* dachte sie. Die Isolierkanne mit dem heißen Met wurde von ihr auf dem Tisch platziert. Dann zog sie ihren Stuhl ganz dicht an den Rollstuhl von Leif heran und setzte sich.

Er griff nach ihrer Hand und drückte sie lächelnd.

»Weißt du noch, wie du sagtest, das größte Abenteuer sei, für immer zusammenzubleiben?«, fragte die alte Frau lächelnd.

Zurücklächelnd antwortete Leif: »Und du gabst mir recht.«

»Das war deine Art, mir einen Heiratsantrag zu machen, weißt du das auch noch?« Wisgard hauchte einen Kuss auf die Schläfe ihres Mannes.

»Ja, natürlich weiß ich das noch. Du hattest ein blaues Kleid an, mit einem kleinen weißen Kragen, der rot umrandet war.«

»Ich war vollkommen überrascht und konnte es gar nicht wahrhaben. Erst als du den Ring aus der Tasche zogst, glaubte ich dir. Und ein halbes Jahr später waren wir verheiratet.«

»Ja, das war der Beginn unserer Reise mit dem Langschiff«, sagte Leif.

»Aber so richtig kam es in Fahrt, als Wolfgang geboren wurde.«

Beide mussten lachen.

»Wohl eher, als er anfing zu laufen. Da hat er dir das Leben ganz schön schwer gemacht.« Leifs Lachfalten um die Augen vertieften sich.

»Vor allem, wenn ich Gabi im Garten stillen wollte. Er sauste los, und ich musste hinter ihm her. Gabi brüllte dann wie am Spieß.«

»Es war eine schöne Zeit, nicht wahr?«

»Eine sehr schöne Zeit, aber jede Zeit war irgendwie schön. Wir konnten zusammen sein«, stimmte Wisgard zu.

Wieder sah sich das Ehepaar in die Augen, jeder mit seinen eigenen Erinnerungen.

Leifs Blick schweifte in die Ferne. »Und mit den Kindern haben wir auch mehr richtig als falsch gemacht, meinst du nicht?«

»Ja, das denke ich auch, sie sind gute Menschen geworden, gut und stark. Stark wie unsere Vorfahren. Du hast sie mit deiner Begeisterung für Wikinger angesteckt. Nur deshalb haben sie mit Bogenschießen angefangen. Denk mal an die ganzen Pokale!«

Seine Frau schenkte heißen Met ein, und sie prosteten sich zu. Den ganzen Nachmittag schwelgten sie schon in den schönen Erinnerungen ihres gemeinsamen Lebens.

»Leider haben sie nicht verstanden, dass man uns nicht so einfach trennen darf. Ich verstehe, dass Gabi uns nicht beide nehmen kann, und beide in ein Altersheim, das können wir uns nicht leisten. Das ist klar! Hoffentlich kommen sie damit zurecht, Wolfgang und Gabi.«

»Sie sind stark, so wie wir es ihnen beigebracht haben, sie werden es schon verstehen, glaub mir!« Wisgards Worte wirkten überzeugend.

Leif nickte ihr zu und legte den Brief auf den Tisch. Dann sah er seiner Frau in die Augen. »Bereit, mit mir über die Regenbogenbrücke zu gehen? In unser größtes Abenteuer? So wie die Wikinger!«

Als Wisgard nickte, tranken sie ihren Met mit den Medikamenten aus und traten ihre Reise gemeinsam an.

Der Zettel auf dem Tisch flatterte im Wind, darauf stand: *Wir sehen uns in Walhall.*

Als die offizielle Beerdigungszeremonie beendet war, legten Wolfgang und Gabi Steine um das Grab. Sorgfältig formten sie ein Boot. Danach stiegen sie auf den Friedhofshügel. Die Geschwister nahmen sich kurz in den Arm, dann zündeten sie die Pfeile an. Mit einem gekonnten Schuss schickte jeder von ihnen sein brennendes Geschoss in den frischen Erdhaufen. Gleichzeitig flüsterten sie: »Wir sehen uns in Walhall.«

Das Wägelchen

Micaela Daschek

Sie wirkte wie eine Frau mit Prinzipien. Das grau melierte Haar glatt nach hinten gekämmt, schlug es im Nacken leichte Wellen, und die eigentlich zu kurze Nase stach selbstbewusst hervor. Es war die Beharrlichkeit in ihrem Blick, die Joe schließlich zwang, der fremden Frau gegenüber Vornamen anzudichten. Anneliese, Martha, Trude, dachte er. Hm ..., falsche Generation. Eher Karin oder Rosemarie. Nein, viel zu brav! Besser die H-Fraktion. *H* wie Helga, Hildegard oder Hannelore. Ach, Blödsinn – Mann! Sie durchbohrte ihn ja geradezu mit ihrem Blick. Fast so, als verfolge sie einen bestimmten Plan. Aber welchen? Und warum starrte sie ausgerechnet ihn an?

Raub oder Mord verwarf Joe. Außer seiner schäbigen Gitarre, den durchgelatschten Turnschuhen, Jeans und Shirt hatte er nichts dabei, wofür sich das lohnte. Und als Gigolo, gestand er sich ein, würde er auch nicht taugen, allenfalls als Enkel-Vorzeig-Objekt. Doch für irgendwas brauchte sie ihn. Für etwas Risikoreiches, das war klar. Sie starrte ja nicht umsonst so. Vielleicht sollte er bei einem Banküberfall am Ku'damm Schmiere stehen oder bei ihrem Amoklauf im Reichstag?

Puh, wenn das stimmte – ausgerechnet im Reichstag!

So ein komplexes Unterfangen schien ihm dann aber doch zu verwegen. Bekanntermaßen ist das Knacken von Schleusen und Drehsperren oder gar von Lichtschranken sehr kompliziert: cloudbasierende Zugangscodes, biometrische Identifikationen mit Fingera…

Nein, nein, das war nichts für sie!

Kam also nur das Sprengen von Geldautomaten in Betracht. Das war auch viel realer! Schließlich stand diese kriminelle Masche in Berlin gerade hoch im Kurs. Keine Woche verging, an der es nicht irgendwo krachte. Und wenn Joe es recht bedachte, deutete ihr ganzes Verhalten genau darauf hin. Zwar glaubte man bisher, dass eine Bande Osteuropäer dahinter steckte, aber weit gefehlt! Es war die merkwürdige Frau gegenüber, und er, Joe – der kleine Straßenmusiker, hatte das durchschaut! Insgeheim frohlockte er schon, sie auf frischer Tat zu ertappen, um eine fette Belohnung einzusacken. Nur, woher kam eigentlich das ganze Zeug, was sie dafür brauchte? Dynamit, TNT oder irgendein Gas. Und überhaupt: Welche Rolle spielte er bei ihren gefährlichen Machenschaften? Fragen über Fragen und so nützlich an einem Sonntag, morgens in der U6, wenn man einer älteren Dame gegenüber saß!

Als sie ›Friedrichstraße‹ hielten, hatte Joe plötzlich eine Eingebung. Am liebsten hätte er sie angesprochen: *Sorry, Gnädigste, heißen Sie eventuell Victoria, so wie die Queen, Sie wissen schon …?* Doch das ließ er besser. Sie könnte schreien oder ihn als Stalker bezichtigen, und dann wären seine Tageseinnahmen dahin. Mindestens ein Tag Arrest brächte ihm das ein. Das kannte er schon!

Victoria-Barbara, dachte er. Siegreich *und* fremd, ja – das passte! Siegreich wie ihr Blick und fremd wie der schmächtige Körper unter der mausgrauen Kleidung, die an ihr schlackerte als sei sie geliehen, eben mal dem Garderobenhaken einer Nachbarin entnommen oder einem früheren Leben …

Und wenn sie nun als Heilige auf Missionskurs war? Mist, dann müsste was Christliches her! Also Maria, Agnes oder Cornelia.

Nein, das kam wohl nicht infrage!

Wenngleich sie auch auf eine verstaubte Art ziemlich würdevoll schaute, fehlte ihrer Mimik doch das Gottgefällige, das Fromme.

Die U-Bahn quietschte und ruckelte; automatisch spannte sich die *heilige Hand* fester um den Griff der rollbaren Einkaufstasche neben sich.

Wo sie das Gefährt wohl her hatte? Im Gegensatz zur Kleidung glänzte der Trolley nagelneu. Joe legte den Kopf schräg und entzifferte die Stickerei auf dem neongrünen Gewebe. *Komfort*, stand da.

Die alte Dame gegenüber musterte Joes Mienenspiel. Dann wanderte ihr Blick hinunter zu seinem Schoß und blieb auf der Gitarre haften. Den Oberkörper steif nach vorn neigend, raunte sie ihm zu: »Das kenn' ich.«

»So?«, signalisierte Joe Interesse.

»Einen Traum zu haben«, sagte sie und wies auf ein ausgeblichenes Klebebildchen an Joes Wandergitarre. »Sie wollen auch nach …?«

Joes fuchsrote Brauen tanzten wild. »Ich will, was?«

Wieder zeigte sie auf den Fotodruck: Zuckerhut und Jesusstatue. – »Nach Rio?«

Endlich dämmerte ihm, worauf sie anspielte. »Nö, keine Zeit!«, wehrte Joe ab, rieb Daumen und Zeigefinger aneinander, was seine Geldknappheit erklären sollte.

»Schade!« Sie schien ehrlich betrübt. »Ich hab' immer alles Nötige bei mir.« Wie zum Beweis, tippte sie mit dem durchscheinenden Zeigefinger auf das Wägelchen.

»Da drin?«

»Da drin!« Sie nickte so heftig, dass der graue Haarbob erzitterte.

»Wirklich alles?«

»Alles!«

Ob sie nun wirklich *alles,* was sie brauchte, dabei hatte, mochte Joe nicht einzuschätzen. Doch was konnte in so einem Einkaufswägelchen schon Platz finden? Ein Satz Unterwäsche, Waschtasche und Necessaire, ein zweites Paar Schuhe und für die romantische Nacht zu zweit am Lagerfeuer der Selbstgestrickte. Der aus Schafwolle. Der mit den viel zu langen Ärmeln und dem ewig verbeulten Hinterteil – egal wohin man ihn zog. »Ein wahres Raumwunder, ja?«, scherzte er.

»Ich brauche nicht viel.«

Joe nickte. »Und wo geht's hin?«

»Zum Flughafen, nach Tempelhof.«

Joes Gesicht nahm leicht verwirrte Züge an; seit Jahren starteten und landeten da keine Flieger mehr. Nicht einmal Privatjets! Ob sie das nicht wusste?

»Ja …«, sagte sie und fuhr sich mit einem riesigen Stofftaschentuch über den feuchten Nacken. »Jeden Sonntag zehn Uhr fahre ich zum Platz der Luftbrücke.«

»Jeden Sonntag?«

»Jeden«, meinte sie, faltete das Tuch sorgfältig zusammen und steckte es zurück in die Jackentasche. »Vom Naturkundemuseum in Berlin-Mitte bis nach Tempelhof, seit '89!« – Da war er wieder, der entschlossene Blick!

»Und wozu?«

»Eines Tages werde ich es tun.«

»Was, tun?«

»Fliegen.«

»Aha …, und wohin?«

»Rio.«

Joe pfiff so laut, dass sich einige Fahrgäste verärgert um-
drehten. »Wieso Rio de Janeiro?«, flüsterte er. »Dort ist es doch
furchtbar heiß!«

»Das ist mir egal, Hitze kann ich gut ertragen, und man
braucht auch weniger Anziehsachen.« Wieder tippte sie mit
dem Zeigefinger auf das Köfferchen.

»Stimmt!« Joe feixte und begann an seiner Klampfe zu
zupfen. »Aber, warum fliegen Sie nicht einfach?«

»Ich warte.«

»Und worauf?«

Sie kramte in ihrem Einkaufstrolley. Das Fach unter der
Außenklappe verbarg ein Dokumententäschchen. »Hier!«,
sagte sie und zog vorsichtig einen vergilbten, etwas welligen
Zettel hervor, den sie Joe vor die Nase hielt. In alter deut-
scher Schrift stand da: *Liebes Mariannchen, ich bin schon gefahren.
Komm morgen nach! Ich warte bei David hinten auf dem Hof, Du weißt
schon …, aber sei pünktlich! Und bewahre bitte das Geld auf, bis wir
uns wiedersehen! In Liebe, Alois. PS: Der Drache fliegt nur sonntags.*

»Ah, verschlüsselt, ja? Von wann ist denn der Brief?«

»Von 1961.«

»So alt?«, rief Joe, und zog abermals bitterböse Blicke auf
sich.

Ihre Augen wurden glasig. »Ja, es ist schon eine Weile her.«

»Und, haben Sie ihn getroffen, bei David, hinten auf 'm
Hof – ich nehme an in Tempelhof?«

»Nein. Alois hat den Brief am 12. August geschrieben, und
ich hatte von Samstag auf Sonntag Nachtschicht.«

»Also in jener Nacht zum 13. August? Da wurde doch mit
dem Bau der Mauer begonnen!«

»Stimmt!« Die alte Dame lächelte, und auf einmal wirkte sie nicht mehr entschlossen oder streng, eher wehmütig. »Sie sind gut informiert, junger Mann! Wie heißen Sie denn?«

»Johannes, ... äh, aber alle nennen mich Joe.«

»Joe, also.«

»Ja, wegen Joe Cocker, den kennen Sie bestimmt! Nicht, nein? Ähm ..., und wo steckt er jetzt – Ihr Alois?«

»In Rio, denke ich.«

»Tatsächlich, und wo da?«

»Ich weiß es nicht.« Sie hob und senkte die Schultern, als sei sie furchtbar müde.

»Nicht? – Ähm, soll ich mal googeln?«

»Was?«

»Mal nachsehen ..., ob ich ihn finde.«

»Das können Sie?«

»Das kann jeder. Ähm, fast jeder.« Joe zückte sein Handy und hielt es ihr unter die Nase.

»Hm.« Sie schien unschlüssig.

Joe ließ nicht locker. »Wie ist denn sein vollständiger Name?«

Augenblicklich saß sie kerzengerade. »Alois Cesare Holzschuh.«

»Wow, Cesare – das hat was!«

»Nicht wahr? Seine Eltern waren *sehr* belesen!«

»Hm, scheint so ... Also, für Rio kommt nichts, aber hier in Berlin. Ist er Tischler?«

Sie schaute verstört auf das Ding in seiner Hand. »Ja-a, wieso?«

»Steht hier: *Tischlerei Holzschuh & Söhne. – Inhaber Alois Cesare Holzschuh*«, freute sich Joe. »Der Laden ist in Kreuzberg, quasi um die Ecke. Sie könnten gleich hinfahren, wenn Sie wollen. Man weiß ja nie, vielleicht lebt er noch?«

Sie sackte in sich zusammen. »Ja ..., man weiß nie. Und Söhne, sagen Sie – steht da?«

»Hier«, Joe zeigte ihr das Display. »Holzschuh & Söhne, Katzbachstraße 29!«

»A-ha«, japste die alte Dame. Augenblicklich wich der Stolz in ihrem Gesicht einer diffusen Angst. »Da«, sagte sie und drückte Joe ihren Einkaufstrolley in die Hand. »Machen Sie damit, was Sie wollen. Nein, machen Sie *sich* ein schönes Leben!« Dann sprang sie hastig auf und glitt gerade noch durch die Türen des U-Bahnwagons, die sich eben schlossen.

Joe starrte ihr durchs Fenster hinterher, bis die U-Bahn vom schwarzen Schacht verschluckt wurde. – Warum nur ist Marianne aus der Bahn geflohen? Und was sollte er jetzt mit dem Wägelchen anfangen? Hm..., was die sich dachte: Er war Straßenmusiker und kein Penner; unmöglich, das Ding ständig mit rumzuzotteln!

»Platz der Luftbrücke«, schnarrte die U-Bahnstimme.

Joe stieg aus. Noch auf der Bank am Bahnsteig drehte er eine Zigarette und paffte hastig. Den Einkaufstrolley vor sich, fasste er in das Außenfach, doch er fand nicht, wonach er suchte. Offensichtlich hatte die alte Dame das Mäppchen samt Brief mitgenommen. Zu dumm, dass er keine Adresse von ihr besaß, nur den Vornamen kannte er. Marianne! Er schüttelte den Kopf, schnallte seine Klampfe um, griff nach dem Wägelchen und zog missmutig los.

Tempelhof empfing ihn mit Regen.

Johannes, den alle Joe nannten, weil er sang wie Joe Cocker, rannte quer über die viel befahrene Straße zum stillgelegten Flughafengebäude. Er glaubte fest daran: Marianne würde kommen, sie musste sich nur etwas beruhigen!

Aber sie kam nicht.

Joe hatte gewartet, bis die Dämmerung einsetzte. Vom Herbstregen durchnässt, mit hungrigem Magen, ohne Tageseinnahmen, musste er endlich etwas zu Essen auftreiben. Vielleicht hatte ja Marianne etwas Wertvolles in ihrem Trolley, was er versetzen konnte? »Oh nein, das tust du auf keinen Fall!«, schimpfte er plötzlich laut mit sich selbst. »Das lässt du schön bleiben, Kumpel! Das kannst du nicht tun, niemals! Wer weiß, was für ein Schicksal in diesem Koffer steckt – immerhin ist ein Lebenstraum damit verbunden!« Warum nur hatte er sich auch so wichtig getan mit seinem Handy? Ohne ihn wäre sie weiterhin jeden Sonntag zum Flughafen gefahren, hätte von Rio geträumt und von Alois, bis …

In diesem Moment hatte Joe sich geschworen, das Wägelchen niemals zu öffnen, auch nicht öffnen zu lassen. Außer von ihr! Und er war mit dem Vorsatz gegangen, wiederzukommen. Wenn es sein musste, jeden Sonntag. Jedenfalls so lange, bis er Marianne ihr Eigentum zurückgeben konnte.

An einem der folgenden Sonntagmorgen überquerte Joe pünktlich um 09:55 Uhr den Tempelhofer Damm; ausnahmsweise regnete es nicht. Da sah er Marianne von weitem am Haupteingang auf einer Bank sitzen. Sein Herz hüpfte vor Freude.

»Ich war da …«, sagte sie, als er Platz nahm, »in der Katzbachstraße.«

»Und?«

»Alois ist im Herbst ’89 gestorben, sagt sein Sohn.«

»Tut mir leid.«

»Ja, mir auch«, sagte Marianne und zeigte dann auf den Einkaufstrolley. »Haben Sie reingeschaut?«

Joe zuckte mit den Schultern. »Nö.«

»Wollten Sie denn gar nicht wissen, was drin ist?«

»Schon …, aber der Koffer gehört mir ja nicht! Und ich kannte ja die Besitzerin dieses Fundstücks.«

Marianne lächelte. »Machen Sie ihn ruhig auf!«

Joe sah sie verständnislos an. »Hier?«

»Gewiss, nur keine falsche Scheu!«

Joe nestelte umständlich am Reißverschluss und zog dann ein Bündel Papier aus dem Hauptfach. »Ostgeld …? Die Scheine sind doch gar nichts mehr wert!«, rief er verwundert.

»Nein«, sagte Marianne ruhig.

Joe war entsetzt. »Sie hätten das Geld umtauschen müssen, Marianne!«

»Ja …, das hätte ich wohl. Vielleicht. Aber alles hat seine Grenzen, nicht wahr? Auch das Warten.«

Joe fixierte den geöffneten Trolley, der bis oben hin mit wertlosem Geld gefüllt war. »Wahrscheinlich hat es noch Sammlerwert. Sie könnten es versteigern, Marianne. Oder in ein Museum geben.«

Sie nickte. »Museum ist eine gute Idee, danke!«

Joe stocherte mit der Schuhspitze im Kies. »Ach, nicht dafür …«

»Würden Sie mir etwas vorspielen, Joe?«, bat Marianne.

»Klar, was darf's denn sein?«

Marianne pfiff eine Melodie. »Kennen Sie das? Ich habe es gestern im Radio gehört. Die Gruppe heißt Karussell, oder so.«

Joe hob die Brauen, nickte jedoch und begann sehr leise zu singen: »Als ich fortging, war die Straße steil, kehr wieder

um … Nimm an ihrem Kummer teil, mach sie heil … Red'
ihr aus um jeden Preis, was sie weiß … Auch die Trauer wird
da sein, schwach und klein.«

Beim letzten Akkord schnupfte Marianne in ihr Stofftaschentuch. »Schön, wie bei einem richtigen Konzert. Ich war
noch nie bei einem, ich danke Ihnen!«

Joe legte seinen Arm um ihre Schulter. »Noch nie bei einem Konzert? Hm, haben Sie nächsten Sonntag schon was
vor, Senhora?«

Die alte Dame schaute ihn mit großen Augen an.

»Wenn nämlich nicht, lade ich Sie ab sofort zu meinen
Privatkonzerten ein.« Joe deutete mit einer raumgreifenden
Geste auf den Platz vor der Bank am Haupteingang des
Flughafens. »Von nun an, Gnädigste, ist sonntags ab zehn
Uhr exklusiv und nur für *Sie* diese VIP-Lounge geöffnet!«

Mariann strahlte. »Einverstanden – gleiche Stelle, gleiche
Welle!?«

Joe nickte und griff nach seiner Gitarre. »Ei, jejejei, leuchte
Stern von Rio …«, schmetterte er, und Marianne sprang auf,
um wie eine Karibikschönheit im Bananenröckchen mit den
Hüften zu wippen. »Caramba, olé!«

Warten auf sie

Sandra Karin Foltin

Aufgeregt stehe ich einfach nur da und warte auf sie. Es scheint schon eine Ewigkeit zu dauern, aber ich weiß, dass sie kommen wird. Meine Hände zittern und schwitzen, fast hätte ich den Blumenstrauß fallen lassen.

Dann endlich, sie kommt. Am Arm dieses Mannes, der mir mein Leben seit Jahren schwer gemacht hat. Sie sieht mich gar nicht an. Je näher sie kommt, umso aufgeregter werde ich. Was soll ich zu ihr sagen? So viele Gefühle toben in mir: Angst, Hoffnung, Liebe.

Auf einmal sieht sie mich an. Ihr Blick ist ernst, und ich sehe, dass sie auch aufgeregt ist. Als sie direkt vor mir steht, legt der Mann neben ihr ihre Hand in meine Hand und küsst seine Tochter auf die Wange.

Durch mich geht ein innerlicher Ruck und jede Angst ist weg. Ich weiß, alles ist genau so, wie es sein soll.

Meine Welt ist in Ordnung, als sie *Ja* sagt, als ich ihr den Ring über den Finger streife.

Ragù Speciale ala Nonna

Sam Freythakt

Draußen zwitscherten die Vögel, und vom Hang herab schallte das Bellen von Lazlo, der einem Hasen nachjagte.

Emilia betrachtete zufrieden die Tagliatone, die zum Trocknen auf einem Pastaständer hingen.

Die bemehlten Hände abwaschend, sah die junge Frau zu dem Fleischwolf, der neben dem Spülstein stand. Ein maliziöses Lächeln umspielte ihre Mundwinkel.

Am Vorabend hatte sie ein besonderes Stück Lende aus der Gefriertruhe geholt, und nun wartete das durchgedrehte Hack auf seine weitere Verwendung.

Wenigstens einmal nützlich!

Emilia musste sich sputen! In drei Stunden wollten ihre Freundinnen zum Essen kommen.

Ein Ragù benötigt viel Zeit und Liebe – und Nonnas Ragù glich einem besonderen Liebesakt. Vielmehr noch: einem Seelentrost!

Sie trocknete ihre Hände, schritt durch die altertümlich anmutende Küche und ergriff den bereitstehenden Weidenkorb, in dem ihr scharfes Messer darauf wartete, zum Einsatz zu kommen.

Zielsicher verließ Emilia das Haus und lief den kleinen Weg zur Räucherhütte, die der Papa von Nonna vor vielen Jahren errichtete. Ihr Rock schwang mit dem Korb im Takt der wiegenden Hüften und umspielte die wohlgeformten Beine. Einige Männer der Umgebung schworen, es seien die wunderbarsten Waden und Fesseln in einem Umkreis von hunderten Kilometern.

Aufgezogen von ihrer alten, sittenstrengen Nonna, besaß Emilia keinen Sinn für derartige Komplimente – zu frivol!

Mit dem Öffnen der Räucherkate drang der würzige Duft aus Apfelbaum, Birke und Fleisch hinaus. Emilia schwor auf diese Mischung. Sie schloss lustvoll die Augen.

Mmmh! Das Ragù Speciale versprach an diesem Tag einen besonderen Gaumenschmaus.

Prüfend betrachtete Emilia die Schinken, die von der Decke hingen. Schließlich entdeckte sie ein besonders schönes Stück Pancetta. Genau richtig! Nonnas Rezepte befriedigten stets viele Bedürfnisse ...

Auf dem Rückweg legte die junge Frau einen Zwischenstopp im Gemüsegarten ein. Mit ihrem Messer schnitt sie Stangensellerie ab und legte diese in den Korb, um dem Pancetta Gesellschaft zu leisten. Aus den Nachbarbeeten folgten zwei Karotten und eine Zwiebel.

Zurück in der Küche glich das Schneiden der Zutaten einer Meditation und schon bald erfüllte ein anregender Duft das Haus.

Der Tisch wartete gedeckt auf das Eintreffen von Livia und Gina, die mit Emilia aufwuchsen. Eine für alle, alle für Eine.

Livia heiratete Carlo, einen Taugenichts aus dem Nachbarort. Gina arbeitete als Lehrerin in der Dorfschule.

Endlich hielt der Wagen der Freundin vor dem Haus. Unter großem Hallo begrüßten sie die Gastgeberin, die lächelnd vor die Tür trat.

Nach etlichen Umarmungen gingen sie gemeinsam in die gute Stube. Livia und Gina bewunderten den liebevoll eingedeckten Tisch, und Emilia servierte ihr Ragù Speciale auf vorgewärmten Tellern, von denen es wunderbar duftete.

Gesättigt und rundherum zufrieden lehnten die Frauen schließlich auf den Stühlen.

»Du hast dich selbst übertroffen!«, lobte Gina und rieb sich wohlig den Bauch.

»Ein wahrer Seelentrost!«, bestätigte auch Livia und seufzte leise.

Emilia tätschelte deren Hand. »Wie geht es dir, Liebes?«

»Seit Carlo weg ist, viel besser …«

»Aber?«

Leise flüsterte Livia mit Tränen in den Augen: »Trotz allem fehlt er mir.«

»Er ist ein Hurenbock! Ich hoffe für dich, dass er nie mehr zurückkommt!« Ginas Augen funkelten wild.

Die Gespräche wandten sich anderen Themen zu, und am Ende des Tages winkte Emilia den Rücklichtern hinterher, bis sie an der nächsten Biegung verschwanden.

Ein Bellen kündigte Lazlo an, der mit wedelndem Schwanz auf seine Herrin zulief. Etwas fiel zu ihren Füßen auf den Boden.

Grübelnd betrachtete die Hofherrin den Knochen und tätschelte ihrem Hund den Kopf, während sie ihn sanft schalt: »Du sollst nicht mit Carlo spielen!«

Der Kerl war nicht nur zu Lebzeiten lästig. Wie fassungslos er von ihren Beinen aufsah, als ihr Messer das treulose Herz traf …

Lazlo knackte den Knochen mit seinem schweren Kiefer, und leckte selig das Mark heraus.

Hier auf dem Hof gab es keine Verschwendung!

Mit schwingenden Hüften kehrte Emilia ins Haus zurück. Es gab noch viele von Nonnas Rezepten, die es auszuprobieren galt.

Jagdfieber

Tuula Schneider

Langsam schlendert Maria die Straße entlang, während sie überlegt, was sie ihrem Mann Herbert am Sonntag zum Hochzeitstag kochen könnte. So in Gedanken versunken, wäre sie beinahe mit ihrer Nachbarin Ursel zusammengestoßen, die ihr einen seltsamen Blick zuwirft und weiter hastet. Maria runzelt die Stirn. *Sonst hatte Ursel doch noch immer Zeit für ein kleines Schwätzchen gehabt.*

Durchs Schaufenster der Bäckerei sieht Maria einige der Dorffrauen in angeregtem Gespräch, das schlagartig abbricht, als sie die Ladenfläche betritt. Nur ein leises Tuscheln von Elsie, der Frisörin, klingt noch nach. Diese packt ihre Einkäufe und verabschiedet sich betont laut. Auch die Frau des Apothekers hat es plötzlich sehr eilig und verlässt das Geschäft, ohne etwas einzukaufen. Die Bäckersfrau bedient Maria ausgesprochen höflich, fragt eindringlich nach ihrem Befinden. Maria ist verwirrt. *Hier stimmt doch etwas nicht.*

Sie beschließt, am Donnerstag beim Landfrauenabend früher hinzugehen und vorher Hedi, die Frau vom Gastwirt, auszufragen. Hedi weiß alles. Hedi ist die Dorfzeitung.

Auf dem Nachhauseweg steht Ursel am Gartentor und druckst etwas herum. »Ja, Maria, schön dich zu sehen! Wie geht's dir denn, Maria?«

Maria platzt der Kragen und sie fährt Ursel an: »Sag mal, was ist hier eigentlich los? Kann mich mal einer aufklären, warum ihr euch alle so seltsam benehmt?«

»Oh, ähm …, du … Sag bloß … Herrje!«, stammelt Ursel. »Du weißt es gar nicht? Du meine Güte! Das ganze Dorf redet darüber.«

»Worüber?«

»Dein Herbert betrügt dich!«

»Niemals!« Vehement schüttelt Maria den Kopf.

»Wohl doch! Die Hedi hat erzählt, dass er sonntags nimmer zum Frühschoppen kommt, sondern durchfährt Richtung Nachbarsdorf. Und bei der Elsie hat er eine Haarspange gekauft! Zwar nur so ein billiges Ding, aber ich mein …« Ursel mustert Maria. »Du trägst deine grauen Haare ja kurz, also kann es schließlich nicht für dich gewesen sein. Außerdem soll er beim Rausgehen einer draußen wartenden Person gesagt haben, dass er ihr eine Haarspange gekauft habe.«

Innerlich aufgewühlt, bewahrt Maria nach außen hin ihre Fassung und bekräftigt noch mal ausdrücklich, dass sie sich ganz sicher sei, dass Herbert sie keinesfalls betröge. Dann wendet sie sich um, geht mit hocherhobenem Haupt durch den Vorgarten und schlägt die Haustür mit Nachdruck zu. Sie lehnt sich gegen den Türrahmen. *Was für eine Frechheit! Was nehmen sich diese Dorftrampel heraus?*, denkt sie wütend, aber der Stachel ist gesetzt. Ganz so selbstsicher ist sie nicht. *Wenn doch etwas dran ist, wenn Herbert doch fremd geht?*

Ihre Augen irren durch die Diele, gleiten über die Garderobe – stoppen. *Was ist denn das?* Langsam geht sie zu Herberts Parka, klaubt mit spitzen Fingern ein langes braunes Haar vom Kragen und dreht es fassungslos hin und her. Maria schlägt die Hand vor ihren Mund, holt keuchend Luft. Dann sinkt sie heulend zu Boden.

Stundenlang steht Maria in der Küche am Fenster, dreht ihre Kaffeetasse in der Hand herum und starrt Löcher in die Luft. Längst schon hätte sie das Abendbrot richten sollen. Die Haustür klappert. Ohne sich umzudrehen, ruft sie laut: »Herbert, ich muss mit dir reden!«

Ihr Mann kommt in die Küche, knipst das Licht an. »Was stehst denn du im Dunkeln da?« Fragend bleibt er im Türrahmen stehen.

Maria wendet sich um, ihre Augen sind verheult, ihr Gesicht sieht hart und verhärmt aus.

Bestürzt mustert Herbert sie. »Was ist passiert?«

»Sei still und hör mir gut zu!«, faucht sie. »Dass du jeden Sonntag zum Frühschoppen gehst, daran habe ich mich ja gewöhnt. Das ist Männersache und muss wohl so sein. Auch der Samstagabend gehört dir und deinen Kumpels. Habe ich je was gesagt, wenn du erst spät nach Mitternacht mit einem Bierrausch heimkommst?«

»Öhm … nein, um …«

»Aber was zu viel ist, ist zu viel! Dass du mir fremdgehst, das wirst du noch bitter bereuen!« Außer sich vor Wut schmettert Maria ihre Kaffeetasse an die Wand.

»Aber Mariechen … also …«, stammelt Herbert erschrocken. So kennt er seine Frau gar nicht.

»Gestehe es! Das ganze Dorf weiß es! Ich habe sogar braune lange Haare auf deiner Jacke gefunden!«

»Oh weh, Fräulein Erika«, flüstert Herbert.

Maria triumphiert: »Ha, da … siehste, ich wusste es doch!«

»Aber Fräulein Erika gehört doch zum Fritz.«

»Ja, das ist ja klar, dass der Fritz dich deckt, ist ja auch dein alter Schulkamerad.«

»Hätte mir ja denken können, dass die Leute im Dorf sich's Maul zerreißen über Dinge, die sie nichts angehen, und sich die Gerüchteküche hochkocht«, seufzt Herbert. »Ja, ich gehe sonntagmorgens mit dem Fritz und Fräulein Erika jagen. Dass ich das heimlich gemacht habe, ist doch nur, weil du das Jagen verabscheust. Ich wollte dich doch bloß nicht verärgern.«

»Ja, aber ... Fräulein Erika ...«

Herbert streckt seine Arme aus und sagt: »Mariechen, meine liebe Frau, komm her und lass dich umarmen! Ich schwöre hoch und heilig, dass ich kein Verhältnis mit Fräulein Erika habe! Die Erika ist der Langhaardackel vom Fritz, sie ist sein Jagdhund! Und weil ihr die Haare immer über die Augen fallen, habe ich ihr eine Haarspange gekauft.«

Hochzeitsmahl

A. E. Eiserlo

Nervös trommelten Reas Finger auf die hölzerne Tischplatte. Der jungen Frau fröstelte, deshalb warf sie eine Stola über die Schultern. *Diese alte, zugige Burg ist mein Untergang! Es wird Zeit, dass sich was ändert!*

»Wann kommt der König denn endlich?«, herrschte die Lady die Dienerin an, die gerade Feuer im Kamin entzündete.

»Er ist im Gästegemach und wird Sie gleich mit seinem Besuch beehren! Der Priester steht bereit!«

Mit einer schwungvollen Geste strich Rea das lange schwarze Haar aus dem Gesicht. Sie trat vor den Spiegel, um sich zu betrachten. »Perfekt!«

Es klopfte. Rea ließ die Stola fallen und streckte den Rücken gerade. »Herein!«

Ein stattlicher, wenngleich sehr fülliger Mann trat ein. Das Gesicht verdeckte ein dunkler Bart. Zwei lüstern funkelnde Augen musterten die wartende Frau. Der Blick glitt voller Gier über deren mohnblütenrotes Kleid mit tief ausgeschnittenem Dekolleté, das die wunderbar geformten Brüste bestens zur Geltung brachte. Seidiger Stoff schmiegte sich an weibliche Formen. Das sanfte Kerzenlicht schmeichelte Reas zarter heller Haut, sodass sie wie eine Göttin wirkte.

»König Harsal!«, wurde er von einem Diener vorgestellt.

Eine Geste des Königs jagte ihn davon. Formvollendet verbeugte der sich vor Rea und hauchte einen Kuss auf ihre Hand. »Die Wirklichkeit übertrifft das Gemälde bei weitem!«

»Sie Schmeichler!«, gurrte Rea. *So schlecht sieht er gar nicht aus, es hätte schlimmer kommen können!*

»Ich fühle mich geehrt, dass Sie meine Frau werden möchten! So eine wunderschöne Dame darf doch nicht ohne Beschützer leben!«

»Setzen wir uns und plaudern ein wenig!« *Hoffentlich ist er nicht so langweilig wie sein Ruf.* Sie reichte ihm einen Kelch mit blutrotem Wein.

»Die Burg ist sehr verfallen, steht es so schlimm um Ihre Gelder? Mein unermesslicher Reichtum wird daraus ein Schmuckstück machen!«

Irritiert versuchte Rea, sich nicht anmerken zu lassen, dass er mit dieser Bemerkung den wunden Punkt getroffen hatte: die Armut.

Als Harsal die dünnen Handschuhe auszog, erstarrte Rea. *Igitt, wie sieht seine Haut denn aus? Lauter Narben und Warzen!*

Das Gespräch plätscherte dahin, Rea musste mehrfach ein Gähnen unterdrücken. Immer wieder goss sie dem König Wein nach. Inzwischen waren die beiden zum vertrauteren *Du* übergegangen. Als endlich der Priester erschien, atmete Rea erleichtert auf.

»Warum die Eile?«, fragte Harsal erstaunt. »Ich denke, wir feiern morgen ein großes Fest zu unserer Hochzeit?«

»Das tun wir doch Geliebter! Aber ich möchte nicht länger auf dich warten! Die Nacht mit ihren Geheimnissen lockt. Doch möchte ich nur als dein Weib mit dir ins Ehebett steigen!« Sie warf dem König einen verführerischen Blick zu und zog den Rock hoch, der ihre schlanken Beine preisgab. Mit geübtem Auge erkannte Rea, dass der *spezielle* Wein die Wirkung nicht verfehlte.

Der Priester schaute verschämt zu Boden.

Harsals Blick glitt schamlos zwischen die Beine und die prallen Brüste. Er begann schwer zu atmen. »Nun denn! Dann trau uns, Kirchenmann!«

*

Als Rea nackt vom König rollte, durchzuckte sie die Erkenntnis, dass ein Kind in ihr wuchs. *Wie gut, dass Hexen so etwas sofort wissen und nicht monatelang warten müssen!*

Neben ihr grunzte Harsal zufrieden. »Das Eheleben gefällt mir! Unser Liebesritual können wir ab jetzt täglich zelebrieren!«

Hah, hättest du wohl gern, du widerliches Ekelpaket! Rea schnurrte: »Hast du schon mal von der Gottesanbeterin gehört? Weißt du, was sie mit dem Männchen macht, nachdem es sie befruchtet hat? Oder was die Schwarze Witwe mit ihrem Kerl macht?«

Harsal wusste nicht, worauf seine schöne Braut hinauswollte. Was hatte er mit Spinnen und Gottesanbeterinnen zu tun?

Mit einem diabolischen Grinsen griff Rea unter das Kopfkissen und zog einen Dolch hervor. Noch ehe der König bemerkte, was geschah, stieß sie ihm die Klinge in den wabbeligen Bauch und schlitzte diesen der Länge nach auf. »Das war's! Die einsame Mahlzeit der trauernden Witwe in der Hochzeitsnacht erspare ich mir jetzt!« Sie warf einen angeekelten Blick auf den riesigen Blutfleck, der das Laken besudelte. »Nach der Hochzeitsnacht folgt die Beerdigung!«

Die Königin glitt aus dem Bett. Sie kippte die fast leeren Schmuckschatullen auf dem Boden aus, verwüstete das Zimmer und drückte ein Schwert in Harsals Hand. Zuletzt schnitt sie mehrfach oberflächlich in die eigenen Unterarme. Blutend und stöhnend öffnete sie die schwere Holztür des Gemachs.

»Hilfe! Zu Hilfe! Überfall!«, tönte Reas hysterische Stimme durch die düsteren Gänge.

Hochgelobte Zeit!

J. B. Niedermayr

Cordula war alt geworden. Älter noch, als sie es sich in jungen Jahren hatte vorstellen können. Ihre Haut lasch, voller Altersflecken und Runzeln. Bei jeder Mimik legte sich ihr Gesicht in zig Falten, wie das eines kleinen Mopses. Völlig zeitvergessen saß die ergraute Dame, wie seit einigen Monaten beinahe täglich, an dem runden Holztisch, der vor dem Eckfenster ihr Zimmer schmückte, und kramte in Erinnerungen. Immer öfter holte Cordula die einst sorgfältig aufbewahrten Fotoalben und rustikalen Kästchen hervor, um darin von der Vergangenheit zu träumen – ihrer Vergangenheit.

»Ach, was für ein Leben das doch war!« Auf den Bildern in ihrer Hand tauschten fröhlich grinsende Menschen lustige Gesten aus, lachten in die Kamera oder posierten mit ihr, dem Geburtstagskind jener Stunde.

»Ach nee, sogar die Kuchenschlacht haben sie abgelichtet. Was für ein verrückter Haufen.« Die alte Dame gluckste kichernd in sich hinein, während sie das Hochglanzfoto von dem vollkommen mit Torte beschmierten Pater betrachtete. Verschmitzt funkelte er in die Linse und schleckte genüsslich den süßen Teig von seinen Fingern. Behutsam strich sie über sein Gesicht. *Mehr!* Cordula wollte ganz dringend *Mehr* von ihm sehen. Ungestüm und mit zittrigen Händen stöberte sie in einer der verschlissenen Kisten. Dabei fiel ihr Blick auf eine löchrige Papiertasche des Fotostudios am Boden der Schatulle. Von Neugier gepackt, fischte sie die Tasche heraus.

Ach, die gibt's noch! Ungläubig starrte die Greisin auf einen Stapel verblichener Farbfotos. Ihre Mutter hatte diese dereinst entwickeln lassen. Doch Cordula in ihrer Wut, Trauer, Verzweiflung verpackte sie damals, gut versteckt, in eine Kiste zum *Nimmer-Wieder-Ansehen.* Zu groß, der Hass und die Furcht. Zu qualvoll, das Erlebte.

»Ach ja, was waren wir stolz. Die ersten Farbaufnahmen! Ach nee, und wie sich alle in Position geworfen haben. Mein liebes Schwänchen! – Oh, ich glaub's ja nicht! Nee, wie jung Pater Klaus da noch aussah. Ach, und so hübsch!« Cordula scherzte laut, doch in ihrem Inneren breitete sich eine schmerzhafte Leere aus. Selbst heute kam ihr der Kloß im Hals gefährlich nahe. *Ach, was soll das? 'Ist immerhin schon 80 Jahre her! Jetzt, mit 96, sollte man meinen, ich hätt's überwunden,* krittelte sie an sich herum. Aber so leicht war das nicht.

Verblasst wie ihre Erinnerung an diesen Tag zeigten die Bilder ein ums andere Mal glücklich grinsende Menschen. Welche, die ihr Leben – obgleich allein – noch vor sich hatten. Und welche, die ab diesem Tag gemeinsam durchs Leben schritten. Wohin man sah, überall nur strahlende Gesichter, ohne einen Anflug von Böswilligkeit. Allein Cordula blieb abseits der Feierlichkeiten. Sie boykottierte die Hochzeit ihrer besten Freundinnen, die sich nun ausschließlich einem Leben als *Gottes Braut* hinopfern wollten.

Selbstredend hätten es auch Cordulas Eltern gerne gesehen, gäbe ihre Tochter nach Vollendung des Noviziats in ein paar Jahren das Gelübde ab.

»Aber ich bin nun mal kein Klostermaterial!«, murmelte die in die Jahre gekommene Ex-Novizin leise vor sich hin.

Das mussten auch ihre Eltern schweren Herzens einsehen und akzeptieren.

Geprägt vom Großvater entschied sich Cordula, getreu seinem Motto *Ein Bild sagt mehr wie tausend Worte!*, ein Leben außerhalb der Klostermauern zu führen. Mit unglaublicher Stärke widersetzte sich die junge Frau den Konventionen ihrer Zeit und setzte ihren Kopf durch. Als Fotografikerin verdingte sie ihren Lebensunterhalt. Sie wurde letztlich eine der Besten auf dem Gebiet; umflog die Welt und reiste selbst in die ländlichsten Gebiete.

»Ja, ich habe definitiv das Beste aus meiner Zeit gemacht. Und dennoch ...« Die alte Dame brach ab. Wie ein schwerer Stein aus Beton lasteten die Worte auf ihrer Seele. *Und dennoch kann ich diesen Tag nicht vergessen. Was wäre wohl gewesen, wenn ...*

Dicke Tränen traten in die Augen der Greisin. Ihre Sicht verschwamm und trotzdem spürte sie die Blicke, derer auf Papier Gebannten, die verstreut vor ihr auf dem Tisch lagen, vorwurfsvoll auf sich ruhen. Auf eine merkwürdige Art beunruhigend. Gleichwohl bemächtigte sich eine seltsame Hitze ihres Körpers, beginnend dort, wo der Mondschein durch das Eckfenster auf sie fiel. Aus einem Impuls heraus stand sie auf, streifte den rauen Morgenmantel von ihren Schultern. Sanft glitt er über die Stuhllehne zu Boden. Unruhe trieb sie aus dem Zimmer heraus. Fast panisch stolperte die alte Frau, so schnell ihre gebrechlichen Glieder sie trugen, zur Tür. Ihr Herz raste; schlug bis zum Hals und pochte sogar im Inneren ihres Gehirns. Kein rationaler Gedanke erreichte das bejahrte Mütterchen mehr. Im weißen Negligé huschte sie, ähnlich einem Geist, den Flur entlang, hinunter ins Erdgeschoss bis hin zu der kleinen Kapelle im hintersten Eck des Sanatoriums. Lautlos betrat Cordula den Saal, den Blick nach vorn gerichtet. Doch was sie da durch die Buntglasfenster im farbenspielenden Mondschein erblickte, ließ die gebrechliche Frau für einen Moment starr vor Schreck werden.

Am Ende des Raums, direkt vor dem Altar, stand der alte Pater. – Nein, der junge Friedrich Klaus! Bevor er den Weg zum Pfarrer beschritt. Damals, zu einer längst vergessenen Zeit, wo er mit ihr die Äpfel aus Nachbars Garten klaute. Teuflisch. Verführerisch, wie eh und je. Ganz galant trug er einen Smoking, den Pferdeschwanz gekonnt unterm Gewand versteckt.

Genau so hatte sich Cordula immer die Vermählung mit ihm, ihrer großen ersten und einzigen Liebe, vorgestellt. Schon lange bevor er, wie ihre Freundinnen, den Weg zu Gott und in dessen Himmelbett fand. »Oh Allmächt', lass diesen Traum wahr sein! Oder mich nimmermehr erwachen«, sprach sie, gleich einem Gebet, in den Raum. Die Worte hallten in der Kapelle wieder, klangen in Cordulas Ohren wie ein Kanon.

Der Mann mit Friedrichs Gesicht antwortete nicht. Spitzbübisch lächelte er seine verweinte Braut an und streckte ihr seine Hand entgegen.

»Komm mit mir! Ich bringe dich – nach Hause«, glaubte Cordula ihn sagen zu hören.

Stille kehrte ein, als sie seine Hand ergriff. Stiller noch, ihr Herz.

Nacht ohne Verstand

Mila EnWood

Die Nacht ist angebrochen, der grüne Mond scheint klar. In
der Goorghen Tiefebene nahe der Küste liegt der Graspalast.
Ein ganz und gar grün schillernder Bau mitten in einer fürch-
terlich grünen und idyllischen Sommerwiese. Alles schläft.
Alles? Die Palastwache marschiert nicht mehr.

Im dritten Turm unterm Dach sind die Schlafstuben der
Dienerschaft. Eine Raupe ist noch wach. Diese Raupe schläft
noch nicht. Bellissy, ihr Name. Sie hat pinke Augen, lange
Wimpern. Sie schillert lila-grün und trägt das traditionelle
Hauskleidchen und Rüschenhaube.

Sie sitzt auf ihrem Bett und redet mit ihrem neuen Haus-
tier. Ein Verlobungsgeschenk von Geheimgnom Vonunn-
nütz. Ein Zwoodel, sieht aus wie eine Maus, ist aber keine.
Langhaarig und riecht wie Zimtnüsse.

»Ich bin ja eine Ankleideraupe. Ich arbeite für die Prinzessin. Die heißt Zablonje. Die ist ganz schön haarig, frech ist
die auch, aber alle lieben sie. Warum, weiß ich ja auch nicht.
Vielleicht, weil sie ein Gnom ist, oder das Gemüt – soll alle
bezirzen. Weißt du überhaupt, was eine Ankleideraupe ist?
Ich muss die Prinzessin an und ausziehen. Haare entwuseln.
Und man darf nicht so viel reden. Ich rede gar nicht viel, naiv
bin ich auch nicht.

Weißt du – wie nenne ich dich bloß? Rumpy? Nee! – Also,
weißt du? Ich bin verliebt. Das kam so: Ich soll ja heiraten,

will ich aber gar nicht. Die waren alle komisch. Der letzte war Koch, pfui. Der konnte auch gar nicht kochen.

Spinky? Nee! – Der davor war Kutscher, der ist aber schon tot. Ertrunken ist der. Kutscher können ja nicht schwimmen, wäre ja sonst Fährmann und nicht Kutscher.

Clanky? Nee! – Dann der davor, das war einer aus der Palastwache, pfui. Der ist immer nur auf und ab marschiert. Der davor war auch einfach nicht mein Geschmack.

Pricky? Nee! Du zitterst, ist dir nicht gut?

Hier etwas Zwoodelwasser!

Ich hab Geheimgnom Vonunnütz kennengelernt. Gerettet hat der mich. Von einer Palme wurde ich befreit, die rannte weg wie vom Beelzebub gejagt. Rassig ist der, Augen hat er wie Goldtomaten, und stark ist der. Tragen kann der mich. Die Rüstung, wie die glänzt! Noch nie zuvor hab ich einen so heldenhaften Gnom gesehen. Schlau ist der. Der weiß, wie man Steinratten fängt und zu Kuchen verbackt.

Roopy? – Ja, Roopy ist prima! Roopy, so heißt du jetzt.

Er riecht immer nach frischen Bratlingen. Der will auch heiraten. Nur das mit den Babys, also, da bin ich ja unsicher. Na, weil er doch ein Gnom ist und ich eine Raupe. Wie die wohl aussehen? Wer? – Na die Babys!

Komisch, du siehst ganz blau aus. Bist du krank?«

Kurz vorm Einschlafen, wechseln Zwoodel die Farbe.

»In der Stube nebenan wohnt Sandrine. Auch eine Raupe. Die ist neidisch. Neuerdings … Roopy …! Roopy …! Rooooopyyy! Schnarchst du?«

Da sitzt sie nun, nachts allein und wach …

Ehe

Manuela Efthimiadis

»Was machste denn jetzt schon wieder?« Er schaut über ihre Schulter und schüttelt den Kopf. Dabei macht er dieses Geräusch: eine Mischung aus Schnauben und Zischen, die höchstes Missfallen ausdrückt.

Ihr Nacken prickelt. Manu hasst diesen Ton. Bieratem schlägt ihr ins Gesicht. Betont ruhig tritt sie am Herd zur Seite und wendet sich ihm zu. »Kochen nennt man das. Ich mache das jeden Abend.«

»Werd nicht frech! Kochen? Das wirst du nie lernen! Den Scheiß fressen nicht mal Schweine!«

Sie zuckt mit den Schultern und greift nach dem Salz. Die Zeiten, wo er sie noch aufgeregt hat, sind lange vorbei.

»Und wie es hier aussieht! Hast den ganzen Nachmittag auf deinem fetten Arsch gesessen, hä?« Seine Hand klatscht auf ihren Hintern und knetet ihn. »Du bist so fett geworden, selbst wenn du wolltest, würde ich keinen hochkriegen.«

Manu stößt die Hand weg und rückt weiter von ihm ab. »Lass mich! Du hast getrunken.«

»Jupp.« Seine Wangen schwabbeln, so heftig nickt er. »Hab probiert, dich schön zu saufen. Klappt net.«

Ungerührt richtet sie das Besteck neben dem Herd.

»Los, red mit mir! Oder biste schon tot, alte Kuh?«

Ihr Nacken prickelt wieder.

Grob grabscht er nach ihren Brüsten. Ein Arm legt sich um ihren Hals.

Er macht wieder dieses ekelhafte Geräusch. Diesmal zaubert es ein Lächeln auf ihre Lippen.

Ganz ruhig zieht sie das Messer aus seinem Hals und wendet sich dem Tisch zu. Ihre drei Kinder starren sie ungläubig an. »Heute können wir in Ruhe essen.«

Kescher der Erkenntnis

Bernd Daschek

Wenn Papa in den Urlaub fährt, dann geht es zum Angeln. Jedenfalls bevor Papa, Papa wurde. Seit er Mama nebst Töchterlein kennengelernt hatte, wurden die Reiseziele nach anderen Kriterien ausgewählt, als nach dem Fischreichtum angrenzender Gewässer. Rundreisen durch Florida, nebst Disney- und Sea World, oder Weihnachten in Tunesien mit rot gekleideten Männern auf Kamelen standen fortan auf dem Programm.

Auch das Ausleben des Hobbys in heimischen Gewässern wurde durch den Umstand erschwert, dass Mama keine Boote mochte. Dies war für Papa zwar völlig unverständlich, da Mama schließlich ein gebürtiger *Fischkopp* war, und diese nach Papas Vorstellung alle bereits mit Ölzeug, Schiffermütze und Kinnbart auf die Welt kamen, egal ob männlich oder weiblich. Nein, Mama ergriff bereits beim Betreten eines Steges das volle Ausmaß massiver Seekrankheit. Schon die Vorstellung von bewegten Böden unter den Füßen quittierte ihr Körper durch den unwiderstehlichen Drang, mit der Kloschüssel zu reden. Papa verstand die Sprache dieses Gesprächs, das mit »Hualp!« wohl das wichtigste Wort im Sprachgebrauch hatte, genauso wenig, wie die Tatsache, nicht vom Wasser allgemein und von den Bewohnern seiner Tiefen im Speziellen fasziniert zu sein.

Egal, dachte Papa, wenn es berufsbedingt nur wenig gemeinsame Zeit mit Mama gab, dann wollte er sich mit dieser auch in einer Sprache unterhalten, die er verstand: Latein.

Papa wählte jedoch nicht das afrikanische Latein der späten Kaiserzeit, mit dem er sich gerade beschäftigte, sondern das den Petrijüngern eigene Anglerlatein.

Das Schwelgen in nostalgischen Erinnerungen, begonnen mit den Erfolgen beim Wettkampffischen in der Jugend, über Rekorde und Ranglistenplatzierungen der bereisten Länder, wurde jedoch von seiner Frau stets mit einer Analogie beantwortet. Diese begründete sich aus den vorehelichen und wehmütigen Erinnerungen einer Fernsehfigur: *Al Bundy* aus der Serie *Eine schrecklich nette Familie.*

Ihr Kommentar lautete folglich: »Vier Touchdowns in einem Spiel!«

Selbst der letzte Fluchtpunkt des fischsüchtigen Papas wurde zu Nostalgie. Sich mit der Machete durch die Wälder Thailands seinen Weg zu bahnen, Koreanische oder Taiwanesische Berge zu erklimmen, um an die unberührten Gewässer zu gelangen, waren Erinnerungen an Zeiten von monatelangen Dienstreisen. Gab es diese nun bereits ein paar Jahre nicht mehr, auf der letzten hatte Papa halt Mama kennengelernt und sie heldenmütig dem Zugriff der Ureinwohner Mecklenburg-Vorpommerns entzogen, stünden dergleichen auch zukünftig nicht mehr an, denn mit der Geburt der zweiten Tochter sollte *Papasein* zum Vollzeitjob werden.

Wieder kam von Mama bei Erzählungen der Reise-Angelerlebnisse: »Vier Touchdowns in einem Spiel!«

Er gab es auf, bis das Wunder geschah. »Wie wär's, wenn unser nächster Urlaub ein reiner Angelurlaub wird?«, sprach sie und wischte damit alle Vergleiche mit erfolglosen und ständig mürrischen Schuhverkäufern vom Tisch.

»Ja, natürlich gern!«, stimmte Papa begeistert zu. »Wo wollen wir denn hin?« In Gedanken ging er nun die Länder durch, in denen besonders große Exemplare bestimmter Fischarten auf ihn warten würden, denn er fühlte sich einer speziellen Jagdgemeinschaft zugehörig, die sich *Specimen Hunter nennt* und nur mit dem Fang von besonders großen Fischen einer Art beschäftigt.

Seine Frau wiegte den Kopf. »Irgendwo hin, wo ich noch nicht war.«

Im Gehirn von Papa ratterte es: *Sie war mit ihm in drei Ländern, ansonsten kannte sie nur die ehemaligen sozialistischen Bruderländer. Blieb praktisch die gesamte Welt offen: Frankreich – Karpfen, Irland – Hechte, Spanien – Welse …*

»Wie wäre es mit Schweden?«, platzte sie in seinen Denkprozess.

»Schweeeeden?« Der Schock währte nur kurz, dann besann er sich: »Ja, da war ich schon ein paar Mal – zum Meeresfischen. Manchmal etwas rau, aber …«

Umgehend entwickelte sich bei Mama die Vorstellung eines wankenden Bootes auf den Wogen des Meeres. Daher wechselte sie kurz den Gesprächspartner, den sie wie üblich mit »Hualp!« begrüßte.

Nun ist diese Begrüßungsformel bei Schwangeren nicht besonders ungewöhnlich, jedoch bedeutete diese Aussage für ihn eindeutig: Vergiss Meeresangeln!

Warum dann unbedingt Schweden?, überlegte er. Dann wurde es ihm klar: Für einen West-Berliner war das über Sassnitz und Trelleborg ein Katzensprung, quasi ein Naherholungsgebiet. Ein Rüganer jedoch, für den Schweden fast zum Greifen nah lag, der die Fähren dorthin mehrmals täglich auslaufen sah, musste das Drei-Kronen-Land bis 1990 für unerreichbar fern halten, was Sehnsucht symbolisierte.

Als Mama mit einem gequälten Lächeln vom Baddialog wieder zurückkam, schränkte sie den Wunsch außerdem weiter ein: »Ich würde ja mitmachen, aber halt an Land, und einfach nur doof dasitzen und warten, das wäre auch nicht mein Ding! Wir haben doch diesen Film gesehen: *Aus der Mitte entspringt ein Fluss*. Das, was die da gemacht haben, ja, das sah gut aus. Irgendwie kunstvoll und kreativ.«

»Hm, Fliegenfischen«, brummte Papa. »Ich hatte gedacht, dass du im Film nur auf Robert Redford geschaut hättest. Aber gut, der Meister der Didaktik bringt Frau und Kind das Fliegenfischen bei. Ist jetzt nicht uuunbedingt einfach, aber hatte ich dir erzählt, dass ich damals bei der praktischen Fliegenfischerprüfung 98 von 100 Punkten erreichte? Das war über zwei Jahre lang Rekord ...«

»Vier Touchdowns in einem Spiel?«

»Ah, ja, verstanden! – Suchst du etwas heraus? Im wievielten Monat bist du dann? Dass man zum Fliegenfischen meist ins Wasser muss, ist dir klar?« Er stellte sich seine Frau mit dickem Bauch vor, wie sie in einem rasant fließenden Bach ausrutschte und die kleinen Stromschnellen in Gummihose auf dem Hintern bewältigte. Warum dachte er dabei an *Touchdown*? Er wusste es nicht – nicht so genau.

»Im Sechsten, das wird noch nicht so schlimm! Ich wage einfach die Probe aufs Exempel. Ich kann das! – Mit Robert Redford an meiner Seite wird das schon klappen. Morgen hol ich Prospekte!«

»Der kommt auch mit? Brauchen wir ein größeres ... Äh, unser Auto!« Kam es ihm plötzlich in den Sinn. Noch in

Single-Zeiten zugelegt, reichte der eher als Sportwagen konzipierte Opel Kadett zwar für einen aus, um *richtige* Gerätschaften überall hin zu transportieren, aber zu dritt samt Gepäck kamen ihm doch Zweifel. »Wir brauchen einen Jetbag! Darum kümmere ich mich morgen.«

Gesagt, getan. Sie wartete bereits mit den Katalogen in der heimischen Wohnung, da kam sein Anruf: »Äh, Schatz, könntest mal bitte beim Zubehörhändler vorbeischauen? Ich bekomme den Jetbag nur weg, wenn ich ihn montiere. Das geht aber nicht allein!«

Kaum stand Mama im Laden, deutete sie auf eine Dachbox, die bei Papa das Wort *Köfferchen* assoziierte. »Das da?«

»Ähh, nein, das da! Wir fahren Angeln, schon vergessen?«

»Das ist jetzt aber doch noch kürzer als der Wagen?« Ihre Augen wanderten die 2,20 m entlang.

»Nennt sich *Jumbo!* Sowas brauch ich schon. Ein neues Auto wäre teurer. Ich bin halt sparsam!«

Nachdem der Dachgepäckträger montiert worden war, hievte das Ehepaar den Jetbag aufs Dach.

»Warum muss ich bei Jumbo eigentlich an Elefanten denken? Könnte das am Gewicht liegen?«, fragte sie leicht angesäuert.

»Möglich, aber einmal drauf, bleibt er ja da«, beruhigte er sie. Bevor Mama jedoch einsteigen konnte, schränkte Papa ein. »Also, nur noch einmal, er ist nämlich falschrum drauf!«

Tatsächlich blieb der Jetbag noch Jahre auf dem Kadett, bis beim Besuch einer Tutanchamun-Austellung, dem Versuch, den Wagen in einem unbekannten Parkhaus abzustellen und der schlussendlichen Ansage Mamas »Passt!«, sich das Paar entscheiden musste: Parkhaus abreißen oder Jetbag zerstören? Die beiden entschieden sich für Letzteres und spendeten der Hansestadt danach großzügig *Jumbo* als neue Attraktion. Falls ihn niemand in der Ecke gefunden haben sollte, steht er wohl heute noch da.

Zurück zu den Reisevorbereitungen:

Mamas Gestöhne über die Gigantomanie ihres Gatten ließen erst nach, als sie ihm die Prospekte präsentieren konnte. »Ich habe schon etwas gefunden! Geräumiges Haus mit großer Außenfläche, auf der du uns das mit dem *Hui-Hui-Angeln* zeigen kannst. Sauna, Baumhaus und sogar ein extra Haus fürs Kind, alles am Waldrand gelegen!«

Extra Haus fürs Kind, gab dann bei Papa den Ausschlag für die Zustimmung. Bevor es zwei Töchter wurden, konnte man sich so ausgiebig abendlichen Vergnügen ungestört widmen. Eine Frage ließ ihn jedoch nicht los: »Was ist mit der Fähre? Du hasst Schiffe, wie willst du das denn überstehen?«

»Wir werden ja gar nicht mit einem Schiff fahren!«, eröffnete sie dem erstaunten Papa. »Sieh' hier, ganz neu! Tragflächen… Dingens halt. Da gleitet man über das Wasser. Ich stelle mir das wie im Flugzeug vor.«

Er beließ sie in der Vorstellung. Denn in seinen Gedanken sortierte er bereits. Dass etwas von der Angelausrüstung zu Hause bleiben musste, war klar, denn die belegte im Augenblick komplett die väterliche Garage. Etwas zu viel Volumen, trotz Jetbag.

Das Fliegenangelgerät war schnell zusammengestellt; es gehörte nicht zu seiner bevorzugten Ausrüstung: vier Ruten, das wars. Blieben noch die restlichen 30. Er entschied sich für das Negativ-Verfahren. Die *Big-Game-Sachen* konnte er getrost zur Seite stellen. Mit Schwert- und Thunfischen war nicht unbedingt in Schwedens Binnengewässern zu rechnen. So konnten auch die dazugehörigen Rollen in der Größe von

Seilwinden weggepackt werden. *Ja, Blauhaie und Rochen wohl auch nicht,* dachte Papa beim Blick auf den Restbestand zufrieden. Denn es waren nur noch gut 20 Ruten, drei Rollentaschen, sieben Koffer mit Ködern und sonstigem Material, die nach seiner harten Selektion übrigblieben. Das musste mit, da war er sich sicher, denn in unbekannten Gewässern sollte man auf alles vorbereitet sein. Das war er nun, jetzt musste er dies nur noch seiner Frau beibringen.

Bei ihrem Anblick kurz vor der Abfahrt, konnte er sich den Gedanken nicht verkneifen, wann er das letzte Mal seine Bowlingkugel gesehen hatte. Sechster Monat hin oder her, ihr Bauch ließ ein Geheimversteck des Pin-Abräumers vermuten.

Also wurden noch zwei Köderboxen während des vorabendlichen Packens aussortiert, damit es die Frau auch bequem haben würde und den Sitz ein, vielleicht sogar zwei Stufen nach hinten stellen konnte. Alles war abgezirkelt. Kindersitz und der Platz des Beifahrers blieben frei – fast frei.

Seine Zufriedenheit über die logistische Meisterleistung konnte Mama nicht unbedingt teilen. Sie wollte noch Kleidung und Ähnliches verstauen. Nach dem strafenden Blick auf die Frage, ob man denn unbedingt zwei Zahnpastatuben benötigen würde, räumte er den Gedanken, welchen Spaß wohl seiner Tochter die Fahrt im Jetbag bringen würde, keinen Raum mehr ein. Denn Mama schaffte es auf wundersame Weise, im verbliebenen Raum den Rest unterzubringen. Und schon ging es los.

Die straffe Sportfederung des Kadetts, mit der man beim Überfahren einer Zigarettenkippe feststellen konnte, ob diese mit oder ohne Filter war, verhinderte ein permanentes Durchschlagen der Autofedern. Auch das Töchterchen beschränkte ihre Frage »Wann sind wir da?« und die Ansage

»Ich muss pullern!« während der gut 200 km langen Strecke auf weniger als 200 Mal, was Papa als äußerst diszipliniert betrachtete.

Alles lief wie geplant. Das traf auch auf Papas Befürchtung zu, dass bei der Überfahrt mit dem schnellen Fährkatamaran für Mama nicht ganz das Gefühl des Fliegens eintreten würde. Sanfte Wellenbewegungen werden bei diesem Schiffstyp vom Schaukeln zu harten Schlägen, die zu Mamas Grünfärbung im Gesicht führten.

Rasch fand die Familie den Vermieter, der freudig in einer Art Deu-Schweng-Lisch feststellte, dass die Anreisenden ihr eigenes Boot mitgebracht hätten, als er auf deren Jetbag zeigte. Das zum Haus gehörende, sei nun nicht sooo …

Die Tochter übernahm freudig ihr eigenes Haus, sodass die Eltern die abendlichen Spiele beginnen lassen konnten.

Am nächsten Tag begann das Fliegenfischer-Training. 40 Meter nach vorn und hinten waren mehr als ausreichend, stellte Papa zufrieden fest, auch, dass sich seine Frauen überraschend geschickt anstellten. Einen Faktor übersah er jedoch: Es waren nur 20 Meter nach oben. Die mächtigen Tannen ringsherum schwenkten in luftiger Höhe ihre hakenlockenden Zweige. Bei normaler Technik mit kunstvoll ausgeführten Kreisbewegungen kein Problem. Die weibliche Ausführung bedeutete aber: Länge mal Höhe.

»Was kostet so eine Fliege eigentlich?«, fragte Mama nach dem fünften Verlust.

»Der in Norwegen handgebundene Lachsstreamer eben?«, begann Papa seinen Preisvortrag. »Für den hab ich vor 15 Jahren mal 25 DM bezahlt. Wird heute das Doppelte kosten. Aber es gibt auch Fliegenköder, die werden von litauischen

Großmüttern in einer Nacht fertiggestellt. Wollt ihr das Handwerk einmal ausprobieren?«

Nach dieser Ansage hielt sich der Verlust dann in Grenzen.

Bereits am Tag darauf ging es ans Wasser. Papa selbst kam nicht großartig zum Angeln, da er ständig Verstrickungen seiner weiblichen Lehrlinge lösen musste. Ein Gedanke dieses ersten Angeltages ließ ihn jedoch nicht los. Bis tief in die Nacht versuchte er das Rätsel zu lösen, wie es seine Tochter geschafft hatte, sich selbst auszuheben. Ihr Haken blieb beim Wurf am Pullover hängen, und sie beförderte sich selbst mit einem Ruck von den Beinen und in den Matsch. Physikalisch völlig unmöglich. Das verdrängte jedoch die Enttäuschung über den fischlosen Tag.

Aber der nächste sollte es bringen! Mama und Tochter wollten eine *Pause einlegen* und sich auf das Zusehen beschränken. Nebenbei sollte Papa mit allem Notwendigen versorgt werden, damit er sich in Ruhe aufs Angeln konzentrieren konnte und keinen Gedanken an eine weitere Ausbildung der restlichen Familie verschwenden würde.

Zielsicher suchte er die verräterischen Zeichen der Fische und fand sie – natürlich an der anderen Uferkante. Egal wie kunstvoll er warf, mit den Fliegenruten war diese Distanz nicht zu überwinden. Anderes Gerät war im Ferienhaus verblieben. Nur der große Kescher für Notfälle lag im Kofferraum und die kleine leichte Teleskop-Spinnrute wie immer fertig in der Hutablage. Mit ihr sollte Papa den ersehnten Ort der Fischansammlung wohl erreichen können. Und die Forellen von ein bis anderthalb Kilogramm Gewicht dürften selbst für das schwache Geschirr keine unüberwindliche Aufgabe darstellen. An seiner Angelmütze klapperte sein Lieblingsköder. Ein Perlmuttspinner, mit dem er einst einen Rekord-Rapfen aus einem österreichischen See gezogen hatte. Er ging zum Auto, holte die Rute samt Rolle, sah sich schon abends die schnuckligen Forellen grillen.

Bereits der dritte Auswurf landete optimal an der gegenüberliegenden Schilfkante. Ein Ruck, Anschlag, dann nichts. Keine Bewegung, nur die straffe Sehne. *Mist,* dachte Papa, *ein Hänger!* Doch bevor er gedanklich schon seinen geliebten Spinner abschrieb, entspannte sich der Zug kaum merklich. *Ok, ein Baumstamm, der sich vom Grund löst. Mit größter Vorsicht bekomme ich den zu mir, rette meinen Köder,* dachte er sich. Eine leichte Zugbewegung zusammen mit dem von jedem Angler ersehnten Zupfen – Fisch! *Was sollte das für ein Fisch sein, der nur sein offensichtlich hohes Gewicht entgegenstemmt und nicht die Kraft seines Körpers verwendet?,* fragte sich Papa und analysierte: *Träge Karpfen tun das und Waller selbstverständlich. Welse in Schweden?* »Schatz, hol doch bitte den großen Kescher aus dem Kofferraum und breite ihn aus. Ich hab hier irgendwas Großes …«

»Bsiiiiii!«, raste die Sehne von der Spule und signalisierte eine rasche Flucht des Fisches – kein Wels tut das!

Ganz vorsichtig nahm Papa den Gegenzug auf und stellte sanft die Bremse der kleinen Stationärrolle nach. »Nicht ins Schilf! Und wenn ich dir den ganzen Fluss folgen muss, ich halte dich weg von der Kante!«, rief er dem unsichtbaren Gegner zu.

»Was meinst du, Schatz?« Mama fühlte sich angesprochen.

»Nicht du! Das Vieh dort!« Erst jetzt machte es sich Papa bewusst; die Art war eigentlich egal, der Fisch schwer und sein Gerät ultraleicht. Nach einer komplizierten Formel rechnete er es seiner Frau vor: »Wurfgewicht der Rute 15 Gramm,

Sehne 0,16 Millimeter mit 1,5 Kilogramm Tragkraft, Fisch-gewicht mindestens 10 Pfund. Völlig Wurst, was das ist. Es bringt mich in irgendeine schwedische Rangliste. Hilf mir bitte!«

Aufgeregt, mit leichtem Zittern stand Mama am Ufer. »Ja, sicher tue ich das. Ich bestehe diese Probe. Ich bin kein Ses-selpuper! Bin an deiner Seite …«

»Gut, gut«, beruhigte er seine Frau, »klapp erstmal den Ke-scher auf! Der Kescher ist jetzt dein Gerät!« Wieder schoss ihm das Wort *Touchdown* in den Kopf und dazu der Schalk. »Beweise deine Liebe und hilf mir, das Monster zu landen!«

Die Fluchten gingen weiter, mal nach links, mal nach rechts. Papa folgte der Route des Fisches mit Mama im Schlepptau, die krampfhaft den Kescher festhielt. Dann war Ende, das Ufer nicht mehr begehbar. Der einzige Weg zur Näherung bildete ein schmaler Steg, den Papa bis zur letzten Planke ging. »Final countdown, Schatz! Entweder hab ich ihn müde gedrillt, oder er zieht mir gleich die 150 Meter von der Spule und sagt *Tschüss!* Komm her und halte dich bereit!«

Mamas Augen wanderten nach unten zu den losen Steg-planken. Anstelle des üblichen Grüns samt »Hualp!«-Unter-haltung zeigte ihr Gesicht nur Anspannung und pure Angst. Doch sie ging. Folgte dem geliebten Gatten.

Dieser sah nun seinen Gegner zum ersten Mal. Er war müde, folgte dem Zug, den Papa ihm vorgab. Ein kleiner Schlag mit der Schwanzflosse und kurzes Auftauchen des Kopfes ließen seine Länge erahnen, die Papa den Atem raub-te. Dann ein zaghafter Sprung. »Forelle?«, schrie Papa ver-wundert, ging gedanklich die Artentabellen durch: Lachs — gibt es hier nicht. Steelhead — nein, wo sollte ein nordameri-kanischer Fisch herkommen? Blieb nur Bach- oder Regenbogenforelle, was ihm schlussendlich egal war, denn beides hieß Rekord. Der Fisch kam näher, zeigte unter Wasser seine Seite. Schätzgewicht 15 Pfund. »Halt einfach den Kescher drunter! Ich zieh sie rüber!«

Das wäre wohl zu einfach gewesen. Wie ein Harpunier stocherte Mama nach dem Monsterfisch. Immer wieder stach der Kescher ins Wasser. »Ich hab dich gleich!«, rief sie entschlossen.

»Schatz, gaaaanz ruhig! So wird das nichts. Drunter, du musst drunter!«, langsam wurde Papa panisch, doch er konnte die zweite Hand nicht von der Rute lassen. Eine plötzliche Flucht ohne Gegenreaktion hätte Kleinholz aus ihr gemacht.

»Jetzt aber!« Ein letzter Stoß des Keschers in Mamas Händen. Dieser verhakte sich an einem der freien Haken des Drillings am Köderende. Ihr Anheben besorgte dann den Rest und entließ die Regenbogenforelle in die Freiheit.

Papa hatte nur noch Mamas Kescher am Haken.

»Wo ist er denn hin?«, fragte sie ernsthaft.

»Na wech! Oder meinst du, der wartet, bis du ihn unter Wasser erschlagen hast mit deinem Gestocher?«

»Der war jetzt … Ich mein … War der jetzt groß?« Nun realisierte sie die Aktion.

»Sagen wir es so: Ich habe in meinem Leben noch nie so eine große Regenbogenforelle gesehen, nicht einmal auf Bildern. Beantwortet das deine Frage?« Papa biss die Zähne zusammen.

»Irrrg, ja, hm, und nun? Tut mir ja leid … Und nun?«

»Wir werden heute Abend Fleisch grillen, was sonst!« Papa beruhigte sich.

Am abendlichen Feuer gab er zu: »Ich esse viel lieber Fleisch. Du hast meine Geschmacksnerven gerettet. Wen kümmert da schon eine 18 Pfund Forelle?« Die Gewichtsangabe stieg dann auch jedes Mal beim neuen Erzählen, genau wie die Länge. Das sind für Papa die normalen Steigerungsformen der Sprache, die sich Anglerlatein nennt.

»Hmpf«, kauend fragte Mama nach, »gehst du morgen wieder Angeln? Ich will mit, aber anders. Das mit dem ruhig Sitzen und warten, dass kein Fisch anbeißt. Arm in Arm mit dir, richtig schön langweilen, während das Kind ständig am Ufer in den Matsch fällt. Das wäre doch romantisch!«

»Gern Schatz, das mache ich sowieso viel lieber, aber woher der Sinneswandel? Was ist mit deinem Traum alla *Aus der Mitte entspringt ein Fluss?*«

»Hmpf, ich bin zu einer neuen Erkenntnis gelangt, hmpf!«

»Die da lautet?«

»Ich scheiß auf Robert Redford!«

Neues aus Elfia – seltsame Hochzeit

Dorothe Reimann

In Elfia gab es seit Monaten die Ehe für alle, und bis jetzt klappte das sehr gut, fand der Bürgermeister Weißnichtweiter.

Dass Elfen Gnome heirateten, Dryaden sich mit Faunen einließen, machte ihm wenig Sorgen, doch manchmal, bei einem Becher Eichelschnaps im Wirtshaus, fragte er sich, was für Bewohner Elfia zukünftig haben würde.

Doch es war nicht an ihm, jemandem die Ehe zu verbieten, bis der Bürgermeister eines Morgens die Meldung bekam: Gnark, der Gnom, säße im Vorraum seines Büros.

»Das geht zu weit! Gnark, das geht zu weit!« Rotgesichtig kroch Weißnichtweiter seinen Schneckenpfad im Büro entlang, die Fühler zuckten wild.

Der Gnom stand eingeschüchtert da und verknotete die Hände. »Aber ich liebe sie!«

»Du kannst Glyx heiraten!«

»Ich will aber nicht Glyx! Ich liebe Fur!« Der Gnom schaute entschlossen drein.

Weißnichtweiter verzog das Gesicht. »Fur ist kein Lebewesen. Du kannst es nicht heiraten!«

»Doch! Sie spricht zu mir. Sie wächst, das bedeutet, sie lebt!«

»Kristalle wachsen auch! Das heißt gar nichts! Und auch du kennst die Labersteine von Dor O Dargh! Jeder kennt sie!

Ich war erst neulich mit meiner Frau dort.« Der Bürgermeister holte tief Luft.

»Wenn ich mich da mal einmischen dürfte«, drang die Stimme des Anwaltes, den Gnark mitgebracht hatte, durch die geöffnete Tür. »Die Steine wiederholen lediglich gesprochene Worte. Mein Mandant hat mir glaubhaft versichert, dass Fur sich mit ihm unterhält!«

Weißnichtweiter warf die Arme in die Luft. »Fur ist nicht einzeln! Es wächst an Glyx!«

»Und ist dort sehr unglücklich!« Der Anwalt, der sich im Flur befand, änderte die Schuppenfarbe von Gelb zu Hellrot. Das Wasser in seinem großen Aquarium gluckerte.

Buntbarsche, dachte die Schnecke, *das sind die Schlimmsten!*

Gnark wirkte siegessicher. »Im Gesetz steht, jedes Lebewesen kann jedes Lebewesen heiraten, vorausgesetzt, beide stimmen der Ehe zu.«

»Das ist richtig!«, musste Weißnichtweiter zugeben.

»Also?«

»Deine Braut, die du so nennst, Gnark, lebt an Glyx! Wie soll das gehen? Eine Fernbeziehung? Was sagt sie dazu? Also Glyx?« Der Bürgermeister glitt näher an den Gnom heran.

Da senkte Gnark den Kopf. »Sie weiß noch nichts.«

»Holt! Sie! Her!« Die Schnecke verstand es ausgezeichnet, viele Ausrufezeichen in einem Satz unterzubringen. »Ich will mit ihr sprechen!«

Seine wütende Stimme brachte fünf Elfenpolizisten dazu, sofort zu eilen, und wenig später stand die Winzig Glyx vor Weißnichtweiter.

»Ich bin Glyx. Glyx Keksdottir«, sagte sie schüchtern.

Der Bürgermeister musterte die beiden, die da vor ihm standen. Der Gnom Gnark, der völlig verzückt wirkte, wahrscheinlich sprach Fur zu ihm, und Glyx, an der nichts Besonderes war, außer ihrem immensen Hinterteil. Die Schnecke ahnte Schreckliches.

»Glyx«, meinte er vorsichtig, »Gnark will heiraten. Nicht dich!«, ergänzte er hastig, als er Panik in den Augen der Winzig sah. »Er will Fur heiraten.«

Sie starrte Weißnichtweiter an. Eine kleine Ewigkeit später meinte sie dann sehr gelassen: »Das erklärt Vieles. Er verfolgt mich, immer selig lächelnd, doch wenn Gnark mit mir redet, ist er normal.«

»Sie – Es redet zu ihm, sagt der Gnom.« Der Bürgermeister lächelte fast entschuldigend.

Glyx nickte. »Möglich wäre es. Ich lebe schon immer damit, keine Ahnung, ob es meine Gedanken sind oder ihre.«

»Aber ...« Die Schnecke machte eine Pause. Ihm fehlten die Worte. »Wie?«

Die Winzig zuckte mit den Schultern, doch Gnark jubelte plötzlich: »Fur hat eine Lösung! Verheiraten Sie uns, Bürgermeister!«

Weißnichtweiter machte in diesem Moment seinem Namen alle Ehre, doch dann straffte er sich, soweit eine Schnecke das konnte, und stimmte zu. Es gab keine Begründung, es nicht zu tun, zumindest fiel ihm keine ein. »Sind Trauzeugen da?«

Der Anwalt im Aquarium blubberte Zustimmung, und Glyx meinte: »Ja, ich denke, das kann ich machen.«

»Dann stellt euch auf. Ich brauche die Gesichter der Eheleute.« Der Bürgermeister fand sich in einer skurrilen Situation wieder, als Glyx sich umdrehte und ihren gigantischen Hintern präsentierte.

*

»... ich erkläre Euch hiermit zu Gnom und – Furunkel!«
Weißnichtweiter war froh, dieses seltsame Schauspiel beenden zu können. In dem Moment jedoch, als der Buntbarsch in Vivatrufe ausbrach, drehte Gnark sich um und ließ die Hose herab.

Der Bürgermeister starrte auf zwei nackte Hinterteile, von denen eines plötzlich intensiv grün glühte. Das Furunkel löste sich und schwebte inmitten dieses grünen Schimmers zum Gnom, um sich auf dessen Po niederzulassen. Gnark jubelte, und erneut blubberte es »Vivat! Vivat!« aus dem Aquarium.

Das, dachte Weißnichtweiter, *ist die seltsamste Hochzeit aller Zeiten!*

Männerabend

Marion Kreft

»Endlich mal wieder ein ordentlicher Männerabend!« Lukas stellte die Einkaufstaschen auf den Küchentisch und drehte sich zu seinem Freund Kai um.

Die beiden jungen Männer waren schon seit Kindertagen befreundet und hatten nach einer gefühlten Ewigkeit einen Männerabend geplant.

»Ich habe alles mitgebracht, was ich für mein Huhn in Bierkruste brauche.«

Mit leuchtenden Augen schaute Kai in die Tüten. »Das klingt super. Mir läuft schon jetzt das Wasser im Munde zusammen.«

Lukas grinste. Er hatte sich von Anfang an nicht vorstellen können, wie sein Freund auf die Idee gekommen war, Veganer zu werden. Bis Kai ihm Marianna vorgestellt hatte.

Die beiden waren ein wundervolles Paar und passten perfekt zusammen. Sie machten sich gegenseitig sehr glücklich, das sah auch Lukas, aber die Sache mit dem veganen Leben war für ihn nicht nachvollziehbar. »Bist du sicher, dass deine Frau nicht plötzlich in der Tür stehen wird?«

»Ganz sicher! Sie trifft sich mit Freundinnen, da wird es immer spät.«

Lukas breitete die Einkäufe auf dem Tisch aus und begann mit der Zubereitung des Huhns. »Manchmal, wenn ich das rohe Fleisch in der Hand halte, dann tut es mir schon leid um das Tier, aber wie sagte Heinz Sielmann doch immer so schön in seinen Filmen: fressen und gefressen werden.«

Die Freunde arbeiteten Hand in Hand. Während Lukas mit geschickten und geübten Handgriffen das Huhn für den Ofen vorbereitete, räumte Kai hinter ihm auf und entsorgte die Abfälle. Mit einem Blick auf die Verpackung stellte er fest: »Zumindest hatte das Huhn ein relativ schönes Leben. Wie ich sehe, hast du keine Kosten und Mühen gescheut und es direkt beim Gutshof gekauft.«

»Na klar, für dich ist mir nichts zu teuer.«

Sie lachten, und Lukas schob den Vogel in die heiße Röhre. »So, nun haben wir ein bisschen Zeit, bis der Vogel fertig ist. Hast du das Spiel besorgt?«

»Klar, die Konsole ist bereit, in den Controllern sind neue Batterien und Nachschub liegt auf dem Couchtisch.«

Die beiden nahmen ihre Bierflaschen und machten es sich auf den Sesseln im Wohnzimmer bequem.

Kaum hatten sie sich durch das Intro gezockt, hörten sie einen Schlüssel im Schloss der Haustür. Erschrocken schauten sich die beiden an. »Marianna!«

Kai stürzte zur Tür, um seine Frau aufzuhalten.

Währenddessen lief Lukas in die Küche, öffnete schnell alle Fenster, sowie die Tür zur Terrasse und stand dann ratlos vor dem Ofen. Wohin mit dem halbgaren Vogel?

Aus dem Flur hörte er die Stimmen des Ehepaares.

»Schatz, du bist aber früh zurück. Ist alles in Ordnung?«

»Nein, ich fühle mich nicht gut. Ich werde mir einen Tee kochen und mich ins Bett legen.«

Panisch riss Lukas die Ofentür auf und beförderte das tote Huhn aus dem Bräter mit Hilfe zweier Topflappen auf den Herd.

»Wie wäre es, wenn du dich ins Bett legst, und ich bringe dir einen Tee?«

»Nein, das ist nicht nötig. Geh zu Lukas und tut so, als wäre ich gar nicht da!«

In der Küche musste Lukas grinsen, als er die beiden hörte. Wenn das so einfach wäre, dann würde dieses leckere Huhn munter vor sich hin garen und nicht halbfertig auf dem Herd liegen. Er schaute sich suchend im Raum um. Wo nur konnte er das Huhn mitsamt Bräter verstecken? Die Schränke waren alle voll, ebenso der Kühlschrank. Da fiel sein Blick auf die Terrassentür.

Inzwischen versuchte Kai verzweifelt, seine Frau möglichst unauffällig am Betreten der Küche zu hindern. »Marianna, Liebste, ich würde dir wirklich gerne einen Tee kochen. Es geht dir doch nicht gut. Du solltest dich hinlegen!«

Skeptisch schaute Marianna ihn an. »Was geht hier vor? Ist da eine fremde Frau in meiner Küche?« Blitzschnell duckte sie sich unter den Armen ihres Mannes hinweg und riss die Küchentür auf. »Wo ist sie?«

Lukas kniete vor dem Ofen und schaute zu ihnen hoch.

Kai stockte der Atem. In der Röhre sah er den Bräter stehen!

In aller Seelenruhe zog Lukas den Bratenrost heraus. Das Huhn war weg. Da lagen nur ein paar Kartoffeln und Zwiebeln im Bräter, die Lukas gerade mit einer Brühe begoss. Lächelnd erhob sich der junge Mann, schloss die Ofenklappe und umarmte die Hausherrin. »Guten Abend, Marianna! Ich hatte gar nicht zu hoffen gewagt, dich heute Abend zu sehen. Geht es dir gut?«

Irritiert schaute sich die junge Frau im Raum um. Irgendetwas stimmte doch nicht! Während Kai erleichtert aufatmete, blieb Marianna wie versteinert stehen und schaute auf die Terrasse hinaus. Was sie dort sah, konnte sie kaum glauben. Ihre Katze hing mit den Krallen an der sonst leeren Blumenampel. Minka versuchte an das huhngroße Gebilde in Alufolie zu kommen, das nun mitsamt der Katze in der Abendbrise schaukelte.

»Was ist dort in der Folie?«

Kai suchte nach Worten, doch Lukas war schneller: »Liebste Marianna, das ist eine Beschäftigungstherapie für deine Katze. Sie soll sich doch nicht langweilen.«

»Für wie verblödet haltet ihr mich eigentlich?« Marianna trat durch die Terrassentür hinaus. Sie betrachtete das Gebilde genauer. Die Form erinnerte sie an etwas. »Liegt da ein Huhn in meiner Blumenampel?«

Die Beweise waren erdrückend, und Kai gab sich geschlagen. »Ja! Bitte, Marianna, sei mir nicht böse! So ganz ohne Fleisch – das ist einfach kein Leben für mich.«

Marianna drehte sich zu den Männern um. Beschämt wichen diese ihrem Blick aus, doch Marianna reagierte nicht, wie beide befürchteten. Sie streichelte sanft über ihren Bauch und sagte: »Macht euch keine Sorgen! Für die nächsten Monate ist es mit dem veganen Leben vorbei. Ich habe nämlich auch einen Braten in der Röhre.«

Liebe mich!

Dorothe Reimann

Heute hab ich dich schon wieder gesehen, meine Liebe. Jeden Tag sehe ich dich. Du siehst anders aus, jedes Mal. Als wolltest du, dass ich dich nur daran erkenne: an deinem Brautkleid, meine Liebe. Und auch das ist jedes Mal ein anderes.

Wie viele Geschäfte haben wir damals abgeklappert, damit du das Schönste findest? Das Schönste, das Teuerste – das Ultimative musste es sein, Liebes. Und es stand dir so gut. Weiß wie die Unschuld. Du hast noch gelacht. Mit Perlen war es bestickt, und es hatte eine Schleppe – vier Meter lang.

Heute hast du eines getragen, das war cremefarben und ohne Schleppe. Aber ich hab dich erkannt, als du aus der Kirche gekommen bist, mit diesem Mann an deiner Seite, der eigentlich ich hätte sein sollen ... vor meinem Autounfall. Bevor alle sagten, DER ist doch kaputtgegangen. Ich höre sie immer noch reden. Mit dir reden. Wie sie dich alle bemitleiden: Mit so einem Krüppel willst du dich einlassen? Auf ewig?

Da standest du heute also, mit diesem Mann, der nicht ich war. Und du hattest diesen Blick. Dieser Blick ist es, der mich dazu bringt, dich zu suchen, meine Liebe.

Ich werde dich finden. Immer und immer.

Du kannst immer anders aussehen und immer andere Kleidung tragen, ich finde dich. Denn du gehörst doch mir. Und irgendwann, irgendwann werde ich dich dazu bringen, mich zu lieben, bevor dein schönes weißes Hochzeitskleid rot wird von Blut. Liebe mich!

Die Bank im Park

Sam Freythakt

Dicke Hummeln schwirren durch die Luft, Kinderlachen schallt durch den kleinen Park. Auf einer weiß gestrichenen Bank sitzt Erwin und beobachtet das bunte Treiben, das in der friedlichen Oase seiner Heimatstadt herrscht.

Der Spielplatz, den die Stadtverwaltung vor vierzig Jahren einrichtete, ist gut besucht. Auf den Schaukeln jauchzen Jungen und Mädchen um die Wette. Sie werden von ihren Freunden angeschubst, höher und höher fliegen sie im hellen Sonnenschein. Erhitzte Kinder bilden Warteschlangen vor den beiden Rutschen, in den Klettergerüsten hangeln ganz besonders Wagemutige in halsbrecherischen Verrenkungen durch die Stangen. Der Sandkasten ist bevölkert von buddelnden und krabbelnden Kleinstkindern, die unter den wachen Blicken ihrer Mütter erste Spielkameraden finden.

Im Schatten der alten Linde tagt ein Kreis junger Frauen mit Kinderwagen – die Babyrunde, wie Erwin sie im Stillen nennt. Zufrieden lehnt er sich zurück und ist froh über den regen Zulauf, den die Grünanlage immer noch findet.

Bereits in seiner Kindheit kam man hierher, um Ablenkung zu finden, doch damals war es anders gewesen. Kein Spielplatz, keine stille Ecke neben dem Seitenausgang, wo jugendliche Pärchen aufeinandertreffen, um halbwegs unbeobachtet zu knutschen.

Damals, in den Vierzigern, war alles strengstens reglementiert, straff organisiert. Undenkbar, dass Kinder sämtlicher Nationalitäten lebhaft miteinander um die Wette tobten.

Seine Mutter besuchte mit ihm nachmittags die Grünanlage, sooft es die Witterung zuließ. Mit einem Buch in der Hand saß sie auf dieser Bank, während er mit Buben aus der Nachbarschaft, denen der Zutritt erlaubt war, ausgelassen um die Wette lief.

Hier rückten Lebensmittelkarten, die Angst vor nächtlichen Fliegerangriffen und der Verlust des Vaters in den Hintergrund. Für kurze Zeit existierten weder die Flucht durch die Dunkelheit in düstere Keller, wenn die Sirenen heulten, noch die beängstigenden Detonationen der niedergehenden Bomben. Die zerstörten Häuser und die allgemeine Überwachung gerieten kurzzeitig in Vergessenheit. Sie rannten einander nach, bis die Lungen schmerzten, sich auf der Haut ein feuchter Film bildete und es Zeit war, in die Wohnung zurückzukehren.

Noch heute hält es Erwin für ein Wunder, dass die Parkanlage von den Bomben verschont blieb. Die Oase des Friedens überstand den Wahnsinn des Krieges beinahe unbeschadet, wenn man einmal von den gefällten Bäumen absah. Das Holz half ihnen, die Kälte zu überstehen, rettete Leben. Als die Alliierten das Schreckensregime ablösten, bestand der Park nur noch aus einer zernarbten Grünfläche, einigen verwaisten Gestellen der Bänke und der großen Linde. Eben jener Baum, unter dem nun die jungen Mütter sitzen und sich über ihren Nachwuchs austauschen.

Erwins Hand liegt kurz auf den lackierten Holzlatten der Sitzbank. Das Holz wird regelmäßig behandelt und bei Bedarf ausgetauscht, doch das Gestell ist mindestens so alt wie er selbst. *Nur besser in Schuss,* hätte seine verstorbene Frau Bertha kichernd gesagt. Bis zum Schluss bewahrte sie ihren Humor und die positive Lebenseinstellung, die ihn bereits bei ihrer ersten Begegnung faszinierte.

Der Wiederaufbau ging zügig voran, und mitten im Wirtschaftswunder, als er gesund, kräftig und voller Lebenshunger seinem Abitur entgegensah, traf er sie. Mit schwingendem Petticoat flanierte Bertha inmitten einer Gruppe alberner Backfische über den sonnenbeschienenen Hauptweg des Parks. Allesamt giggelten und tuschelten um die Wette, als sie an den jungen Männern vorbeikamen. Auch Erwin gehörte zu den Halbstarken. Gegen den Willen der Mutter trug er wie so viele andere eine Haartolle nach Elvis Vorbild und hörte Rock'n Roll. Ein wenig wehmütig denkt er an seine ehemals volle Haarpracht, die im Laufe des Älterwerdens einem schmalen weißen Haarkranz gewichen ist. Aber damals existierten keine Gedanken an den Zerfall, der jeden Menschen ereilt, der eine lange Lebensspanne hat.

Jedenfalls fiel Bertha ihm sofort auf. Ihre leuchtenden Augen, der leicht beschwingte Gang und ein zauberhaftes Lächeln, als sich ihre Blicke trafen, zogen ihn in ihren Bann. Er musste sie wiedersehen. Wenn er für die anstehenden Abiturprüfungen lernte, driftete er gelegentlich in Tagträumereien ab. Die Hormone fuhren Karussell, doch nicht allein die Triebe nahmen ihn gefangen. Dieses Mädchen war etwas Besonderes, das spürte er tief in seinem Herzen.

Endlich lagen die Prüfungen hinter ihm, das Ergebnis konnte sich sehen lassen.

Wie leicht er damals lernte, obwohl die Gedanken um Bertha kreisten. Heute ist er froh, wenn er den Einkaufszettel nicht auf dem Küchentisch liegen lässt. Die regelmäßige Einnahme diverser Medikamente verdankt er einer Erinnerungsfunktion des Handys, das Guido angeschleppt hat. Extra große Tasten, die er auch ohne Brille erkennen kann und die Erwins steifen Fingern das Tippen erleichtern. Eine Alarmtaste verbindet ihn im Notfall mit den entsprechenden Notfallstellen. Seine Mutter sagte einmal, dass Altwerden nichts für Feiglinge sei. Damals zuckte er zur Antwort geringschätzig mit den Schultern.

Bei einer Veranstaltung traf er endlich erneut auf Bertha. Sämtlichen Mut zusammenraffend, forderte er sie zum Tanzen auf. Schmunzelnd und mit einer Note Wehmut denkt er an die Zeit zurück. Unauffällig versuchte er, die vor lauter Nervosität feuchten Hände an seiner Jeans abzuwischen. Stockend kamen ihm die Worte über die Lippen und einer Gerölllawine gleich, fielen die Steine vom Herzen, als sie lächelnd einwilligte.

Erwin sieht ein engumschlungenes Paar, das mitten auf dem Gehweg stehen bleibt und anfängt, selbstvergessen zu knutschen. Sie sind in etwa so alt wie er und Bertha damals, doch diese freie Zurschaustellung ihrer Gefühle schien früher undenkbar.

Er gönnt es den jungen Leuten und ist dennoch froh, dass es seinerzeit anders war. Der Zauber der langsamen Annäherung, des Kennenlernens, der ihn und seine Frau verband, mochte er nicht missen. Sicherlich gab es auch damals lockere Herangehensweisen, doch kaum so öffentlich wie heute.

In der ersten Hälfte der 1960er Jahre begannen Bertha und er regelmäßig auszugehen. Zur gleichen Zeit ergatterte er glücklicherweise einen Studienplatz in seiner Heimatstadt. Zwischen dem Lernen für seinen Wunschberuf und einem Nebenjob, schaffte er es, die Frau, die er liebte, zu umwerben.

Bertha begann mit der Unterstützung ihres Vaters eine kaufmännische Ausbildung. Unter der Tatkräftigkeit der verwitweten Mutter aufgewachsen, hegt Erwin die größte Hochachtung vor dem weiblichen Geschlecht. Bereits in jungen Jahren empfand er es ad absurdum, dass Männer ihren Frauen ihr Einverständnis zur Berufstätigkeit geben mussten. Sein Versprechen, Bertha niemals Steine in den Weg zu legen, sicherte ihm das Wohlwollen ihrer Eltern.

Gegen Ende der Uni-Zeit traf er auf Mitglieder verschiedener Studentenbewegungen. Enthusiastisch und voller Tatendrang gerieten er und seine Liebste in die Kreise trotzigen Revoluzzertums.

Begeistert verfolgten sie die Reden von Rudi Dutschke, waren bald darauf entzückt von der Idee der Kommunen und stellten die Liebe und Institution der Ehe infrage.

Wie stürmisch man doch als junger Mensch von neuartigen Vorstellungen mitgerissen wird. Erwin schüttelt in Gedanken den Kopf. Der Enthusiasmus verwandelt sich im Laufe der Zeit in Bedächtigkeit und je weiter das Alter fortschreitet, desto mehr lässt die Begeisterungsfähigkeit nach.

Er ist dankbar, dass Bertha damals schwanger wurde und den gemeinsamen Blickwinkel in eine andere Richtung lenkte. Sie heirateten, ihre Tochter Ulrike kam zur Welt – äußerlich angepasst an das herrschende Spießertum, bauten sie an ihrer Zukunft.

Lange Zeit glich das Leben einem gleichmäßigen Fluss. Erwin errichtete auf einem soliden Fundament seine Karriere. Gemeinsam besuchten sie den Park, in dem mittlerweile auch Ulrike spielte. Viel zu rasch wurde aus dem Kind ein Teenager, und zum ersten Mal wurde ihm und Bertha bewusst, dass sie zu Menschen mittleren Alters reiften.

Seine Augen schweifen über die Grünanlage, bleiben an den Müttern mit den Babywagen hängen. Trauer, die auch Jahrzehnte nicht linderten, steigt in ihm auf. Trotz der Aufklärung, die sie Ulrike mit auf den Weg gaben, ungeachtet der Tatsache, dass Bertha mit der Tochter zum Gynäkologen ging, um die Pille verschreiben zu lassen, wurde seine Prinzessin schwanger. Verstockt hatte sie ihnen nie den Namen des Kindsvaters verraten. In dem Glauben, dass die Zeit Ulrike zur Vernunft brächte, ließen sie ihr das Geheimnis.

Erwin fühlt sein Herz für einen Augenblick stocken, und eine flüchtige Wolke zieht vor die Sonne, hüllt den Park kurzzeitig in Schatten.

Guido erblickte das Licht der Welt. Sie begrüßten den Enkel, verliebten sich auf der Stelle in den kleinen Mann und mussten nur wenige Stunden später Abschied von der Tochter nehmen. Jene Nacht veränderte alles. Bei der Nachricht von Ulrikes Tod sackte Bertha vor seinen Augen zusammen. Ihr Herz verschmerzte den Verlust nur schwer, und Erwin spürte eine zentnerschwere Last auf den Schultern.

Glücklicherweise erholte sie sich wieder – jedenfalls vorerst. Sooft es ging, begleitete er Frau und Enkel in den Park. Der Bub wuchs heran, und sie gaben ihm alles, damit er eine glückliche und zufriedene Kindheit erlebte. Seine eigene Liebe und der Junge schenkten Bertha für einige Jahre Kraft weiterzuleben.

Dank finanzieller Vorsorge hatte Erwin die Möglichkeit, in den vorgezogenen Ruhestand zu gehen, als die geliebte Frau zusehends hinfälliger wurde. Gleichzeitig erfuhren sie vom Dahinscheiden von Freunden, ehemaligen Bekannten und alten Weggefährten aus den unterschiedlichsten Gründen.

Erwin hatte das Gefühl, die *Einschläge* kämen immer näher. Seine Mutter lag seit langer Zeit auf dem Friedhof, und auch die Schwiegereltern verstarben bereits vor einigen Jahren.

In vielen Momenten kämpfte er gegen die Angst, der Situation nicht gerecht zu werden. Solche Gefühle waren ihm früher unbekannt. Mitten in der Pubertät sah Guido die Großmutter stetig dahinschwinden. Doch anstatt zu rebellieren und ihnen zu entgleiten, strengte sich der Junge in der Schule an. Solange das Wetter halbwegs mitspielte, schoben sie den Rollstuhl, in dem Bertha mittlerweile saß, in den Park. Die Besuche der Grünanlage stellten Momente des Glücks und Friedens dar. Die kleine Familie konnte einen Nachmittag lang verdrängen, wie dicht der Tod an ihre Schwelle heranrückte. Leider ließ er sich nicht aufhalten; kurz nach Guidos Abitur schlief Bertha ein, um nie wieder aufzuwachen.

Erneut streicht Erwin mit den Fingerspitzen über die Sitzfläche der Parkbank. Hier gibt es so viele glückliche, tröstende Erinnerungen. In jedem Lebensabschnitt gab es diese Bank – in Glück und Trauer, gemeinsam mit seinen Lieben und auch in Momenten, die er allein hier verbrachte. Wie oft er hier gesessen hat, kann er nicht zählen. Die Welt um ihn herum erscheint Erwin Jahr um Jahr immer unverständlicher. Die technischen Veränderungen, mit denen Guido heranwuchs, sie beruflich und privat mit Selbstverständlichkeit nutzt, bleiben ihm selbst fremd.

Die Last des Alters scheint ihn an manchen Tagen niederzudrücken. Sprang Erwin früher mit Elan aus dem Bett, so geht es heute im Schneckentempo. Der Körper engt ihn mit schwergängigen Gliedmaßen ein. Brille, Hörgerät, Gehstock und nicht zuletzt ein Herzschrittmacher geben ihm das Gefühl, zu einem Ersatzteillager zu verkommen. Mitunter glaubt er, das Schlusslicht einer aussterbenden Spezies zu repräsentieren.

Zu bedrückend wiegt die Einsamkeit, die er verspürt. Ein Empfinden, dass auch Guidos regelmäßige Besuche nicht ändern können. In den vergangenen Jahren musste Erwin an zu vielen offenen Gräbern den Verstorbenen die letzte Ehre erweisen.

Die Sonne wandert weiter und macht Platz für die Dämmerung. Mütter treiben ihre Kinder nach dem ausgelassenen Aufenthalt im Park gen heimische Wohnungen.

Erwin bleibt sitzen, auch als er der einzig verbliebene Besucher der Grünanlage ist. Ein Rabe fliegt heran und landet einen halben Meter von seinen Füßen entfernt. Der Vogel legt den Kopf schief und beobachtet ihn. Bäume bewegen raschelnd ihr Laub in der abendlichen Brise, und wie von Fern glaubt er, Berthas leises Lachen zu hören. Müde schließt er sehnsüchtig die Augen. Wärme umgibt ihn – und mit einem letzten Herzschlag verlässt er das Leben, das ihm überdrüssig ist.

Kaninchenzucht

Tuula Schneider

Nachdenklich schaute ich aus dem Fenster. Paul klang wirklich verzweifelt. Ich musste mir etwas überlegen, wie ich ihm, aber vor allem seiner Frau, meiner Freundin Gabi, helfen konnte.

Gabi war besessen von Ratgebern. Sie schien nicht mehr in der Lage, irgendetwas zu tun, ohne in einem nach entsprechenden Tipps zu suchen, und konnte keine Entscheidung mehr treffen, ohne diese zu konsultieren: Ratgeber für Essen, für deutsche Rechtschreibung, für die richtige Pflege von andalusischen Pferden, für die Gesundheit, für die Anwendung von Gänseblümchen bei Haarausfall, für den Garten, für die Liebe, für alles im Leben. In ihrer kleinen Wohnung stapelten sich die Ratgeberbücher. Ein Teil verblieb noch in der Hülle. Selbst auf der Hutablage der Garderobe lagen welche. Und jetzt hatte sie einen Ratgeber über Kaninchenzucht gekauft. Dabei besaßen Gabi und Paul gar keine Kaninchen. Übrigens auch keinen Garten. Und auch keine andalusischen Pferde.

Die Kaninchen hatten bei Paul das Fass zum Überlaufen gebracht. Er flehte mich am Telefon an, ihnen zu helfen.

Und ich hatte auch bereits einen Plan.

Gabi schaute mich entsetzt an. »Das ist jetzt aber nicht dein ernst!«, keuchte sie.

»Ja, tut mir leid, du weißt doch, dass ich eine Chaotin bin!«, antwortete ich zerknirscht.

»Ja, aber doch nicht so! Wie sollen wir hier klarkommen, ohne einen einzigen Ratgeber? Weißt du, wie man Feuer macht? Das stünde in meinem Ratgeber *Überleben in der Natur,* da könnte ich jetzt nachlesen. Und was sollen wir essen? Auch dafür hätte ich einen Ratgeber zu Hause. Hier kommt doch kein Schwein vorbei. Wir sind vollkommen verloren. Gleich ist es dunkel.« Gabis Stimme wurde immer schriller, schluchzend brach sie ab.

»Warum musstest du denn auch diese Abkürzung nehmen?« Sie starrte mich vorwurfsvoll an. »Ich glaube, ich habe auch einen Ratgeber für im Schlamm feststeckende Autos«, rief sie schließlich fast triumphierend.

»Hmmm …, du hast diese Ratgeber, die du da aufgezählt hast, doch sicher alle gelesen? Dann können wir die ganzen Ratschläge jetzt einfach in die Tat umsetzen.«

»Nein, natürlich nicht! Aber ich kann nachschauen, wenn ich sie brauche.«

»Ja, liebe Gabi, das bringt uns aber nicht weiter, hier findet das richtige Leben statt«, antwortete ich sanft und streckte ihr einen halben Marsriegel hin.

Die Nacht war lang. Und unbequem.

Am nächsten Morgen in der Früh kam Bauer Michels zufälligerweise mit seinem Traktor genau diesen Waldweg entlang und konnte mein Auto aus dem Schlamm ziehen.

Wieder zu Hause gab Gabi ihre ganzen Ratgeber weg. Sie hat jetzt das Stricken entdeckt. In der ganzen Wohnung stapeln sich Wollknäuel.

Und Bauer Michels bekam von mir, wie zuvor abgemacht, einen Kasten Bier.

Hexenbraut

Nicole Weiche

Der staubige Boden, auf dem Prinz Milan lag, brachte ihn zum Niesen. Mit den zerzausten Haaren, verschmutztem Gesicht und zerknitterten Kleidern erinnerte er kaum noch an jenen vornehmen Edelmann, der er eigentlich war. Mühsam rappelte er sich auf. Starke Seile fesselten seine Handgelenke. Er fand sich in einer winzigen Hütte mit vernagelten Fenstern wieder. Vor der Tür stand ein hölzernes Regal mit allerlei Gefäßen, die einen merkwürdigen Geruch verströmten. Kräuter hingen von der Decke, und im Kamin brannte ein violettes Feuer.

»Wie schön, dass Ihr wach seid!«, sagte eine alte warzennasige Frau, mit Haar, so grau wie das einer milzkranken Ratte. »Es ist eine Ehre, dass Ihr unser Gast seid.«

»Ich bin nicht Euer Gast!«, echauffierte sich der junge Prinz. »Man hat mich überfallen! Ich ritt zu der wunderschönen Prinzessin Penelope, um mich mit dieser zu verloben, als ich hinterrücks von einer riesigen Gestalt angegriffen wurde! Es war …«

»Meine Tochter Estelle«, unterbrach die Hexe und zeigte auf ein zierliches Mädchen.

Mit dem dunkelgrünen Haar und den gelblichen Augen erinnerte Estelle an eine Schlange, gleichzeitig zeigte sie ein freundliches Lächeln. »Hallo, ich wollte Sie nicht erschrecken! Eigentlich habe ich auch nur ganz leicht zugeschlagen.«

Die Hexe nickte zufrieden. »Wie schön, dass ihr euch schon so gut vertragt, denn ihr werdet bald heiraten.«

Kaum war das gesagt, fing der Prinz heftig an zu lachen. »Die? Ihr müsst von Sinnen sein! Nie würde ich ein Mädchen heiraten, das dermaßen hässlich ist.«

Wütend schnappte Estelle nach Luft, schritt auf den Prinzen zu und gab ihm eine schallende Ohrfeige, sodass dieser erneut zu Boden fiel.

Als sich Milan wieder erhob, wahrte er vor den beiden unkultivierten Furien sicheren Abstand.

»Junge Liebe ...«, meinte die Alte. »Kommen wir nun zum Wesentlichen. Ihr werdet meine Tochter heiraten.«

»Werde ich nicht!«, entfuhr es Milan.

»Unterbrecht mich nicht! Ihr habt das halbe Königreich Eures Vaters beim Kartenspiel verloren, Ihr werdet auch meine Herausforderung annehmen. Ich werde Euch drei Rätsel stellen, wenn Ihr nur eines löst, lasse ich Euch frei. Falls nicht, werdet Ihr Estelle heiraten.«

Missmutig betrachtete der Prinz das Mädchen, das den Wetteinsatz darstellte. Würde er spielen, so bekäme er die Chance, diesem Ort zu entfliehen. Was für Rätsel sollte dieses Weib schon kennen, die er nicht zu lösen vermochte? Die besten Lehrmeister des Landes hatten ihm ihr Wissen vermittelt oder es zumindest versucht. »Ich schlage ein – sobald Ihr meine Fesseln löst.«

Kurz darauf saß der Prinz an einem Tisch mit den beiden Hexen.

Die Alte räusperte sich und sagte: »Rätsel eins: Was hört ohne Ohren, schwatzt ohne Mund und antwortet in allen Sprachen?«

Ein selbstbewusstes Lächeln trat auf Milans Mund. Der alte Stallmeister liebte solcherlei Aufgaben und stellte ihm erst vor einer Woche eben diese. »Ihr habt bereits verloren! Die Antwort ist: das Echo.«

»Falsch!«, rief die Hexe und lachte. »Die Antwort ist, der Abergei!« Darauf öffnete sie einen der Schränke und entnahm daraus einen Käfig mit dem hässlichsten Vogel, den man sich nur vorstellen konnte. Statt Federn überspannte den Körper eine ledrige Haut. Ein hohles Loch befand sich anstelle eines Schnabels im Schädel.

Kaum sah er sie, sprach der Vogel in einem Gewirr verschiedenster Sprachen.

»Ihr habt mich reingelegt!«, beschwerte sich der Prinz.

Doch die Alte lachte und stellte das Tier fort. »Frage zwei: Welche Jungfer hat keinen Zopf!«

Nun überlegte der Prinz länger. »Die Jungfern des Hades. Das Höllenfeuer verbrennt ihr Haar!«

Doch erneut lachte die Alte. »Wieder falsch! Die Antwort ist die Wasserjungfer. Eine Libelle!«

Wütend beschwerte sich Milan: »Das ist Betrug! Auch meine Antwort stimmt.«

»Es sind meine Fragen, also bestimme ich die Lösung! Das letzte Rätsel! Warum kommen schlechte Schriftsteller nicht in den Himmel?«

Der Prinz schluckte schwer. Er las selten, zögerte und schüttelte den Kopf.

»Antwortet!«, forderte die Hexe nach geraumer Zeit.

»Weil ...«, begann er. »Weil ...«

»Antwortet«, verlangte die Alte, »oder akzeptiert Eure Niederlage!«

»Weil sie nur Tunichtgute sind! Sie sind ein Volk von Halunken.«

»Falsch!«, frohlockte die Warzenhexe. »Nur gute Werke führen in den Himmel! Wusste ich doch, dass Ihr Euch mit diesen nicht auskennt! Ihr werdet meine Tochter heiraten!«

Der Prinz schluckte und besah sich die Tochter.

Estelle stand wütend auf. »Echt Mama, du bist so peinlich! Ich will den nicht heiraten!«

»Was?«, entfuhr es der Mutter. »Aber du würdest ein Königreich bekommen, Kleider und alles, was du willst!«

»Ich bin ne Hexe! Ich komm allein klar. Was soll ich denn mit so einem hochnäsigen Schnösel? Der kann doch nichts anderes, als hübsch aussehen. Bestimmt ist der nicht mal gut im Bett.« Daraufhin schob sie das Regal von der Tür weg. »Jetzt mach dich vom Acker, Prinz!«

»Aber warum hast du ihn dann entführt?«

»Na, weil ich dich nicht enttäuschen wollte. Ich hab gedacht, dass er nicht ganz so blöde ist und wenigstens eins deiner dämlichen Rätsel löst!«

Flotte Susi

J. A. Heger

Schon viele Jahre schenkten sich Lotte und Hans nichts mehr zu Weihnachten. Sie besaßen alles, was sie brauchten, und wenn etwas benötigt wurde, kauften sie es zeitnah. Doch schmückte Lotte wie jedes Jahr geschmackvoll und mit Liebe das traute Heim.

Dafür hat sie ein Händchen, fand Hans und blickte gedankenverloren auf das Rad der Pyramide, das sich am heutigen Heiligen Abend ziemlich flott über den vier angezündeten Kerzen drehte.

Lotte räumte gerade den Kaffeetisch ab, putzte die Krümel vom Dresdner Stollen weg und wunderte sich über Hans' abwesenden Gesichtsausdruck. »Wo bist d'n scho' wieder mit dein... Gedang'n?«

Ertappt schaute er sie an und lächelte geheimnisvoll. Diesen Blick kannte Lotte nur zu gut; dann führte er etwas im Schilde.

»Bin glei' wiedor da.« Mit diesen Worten entschwand Hans durch die Haustür, bevor Lotte etwas sagen konnte. Kopfschüttelnd schaute sie ihm nach.

Was hat der denn vor? Aber ihrem Hans vertraute sie. So schaltete sie den Fernseher an und nahm gemütlich auf dem Sofa Platz.

Als die Tür wieder klappte, blickte sie kurz auf, denn der spannende Film hielt sie gefesselt. Aus den Augenwinkeln sah sie jedoch den Bienenkorb, den ihr Mann hereinschleppte. *Moment – jetzt spinnt er vollends!* Entrüstet sprang sie auf: »Muss das sein? Schaff den Gorb wieder naus! Nich' ma' an Weihnachd'n verschonst de mich mid dei'm Hobby!« Mit rotem Kopf schwang sie die Arme durch die Luft.

»Lodde! Lass ...!«

»Schluss, keene Wiidorworde. Schaff de Bienen raus!« Energisch ließ sie Hans nicht zu Wort kommen. *Kann der nicht einmal zu Weihnachten ohne seine Bienen ...?* Lotte war genervt.

Er setzte noch einmal an: »Das is' dor de *Flodde Suusi,* mei' bestor Schwoarm.«

»Wenn der nich' ochenbligglisch verschwunden is', kannsde glei' samd deinor Suusi ausziehn!«, steigerte sie sich in ihren Brass. *Gerade war es noch so heimelig gewesen.*

»Nu mach abor ma'n Pungd! Und lass mich ma' ausreden!«, ärgerte sich Hans und schlug mit der Hand auf den Tisch. »Setz dich off deine vier Buchstab'n un' guggl«

Erschrocken ließ sich Lotte wieder auf das Sofa fallen.

Na endlich, wurde ja auch Zeit, immer dieses Theater um die Bienen! Dabei schmeckt ihr der Honig doch auch. »Lodde, wir dun uns door nischd schenk'n. Aber isch hab heude 'ne kleene Üborraschung for disch. Setz ma' den Huud off!«, sprach Hans und stülpte ihr den Imkerhut auf den Kopf.

Lotte machte große Augen und brachte keinen Ton mehr heraus.

Dann schaltete Hans den Fernseher aus und drückte die Play-Taste der Hi-Fi-Anlage: Es erklang der *Hummelflug* von Rimski-Korsakow.

Lottes Augen wurden immer größer, und Hans frohlockte. Nun öffnete er den Deckel vom Bienenkorb. »Na, dann zeischd ma', was ihr könnd!« Er setzte sich neben seine verdutzte Gattin und legte liebevoll den Arm um ihre Schultern.

Sie schaute ihn kurz an, aber dann starrte sie gebannt auf den Bienenkorb, denn da zeigten sich die ersten Vertreter der *Flotten Susi*.

In Reih und Glied saßen die schwarz-gelb Gestreiften am Korbrand, um plötzlich nach einem Handzeichen von Hans in Formation aufzusteigen. Sie schienen tatsächlich der Melodie zu folgen.

Lotte klappte der Unterkiefer herunter.

Die kleinen Flugkünstler tanzten im Kreis, zeigten eine Helix, ließen sich als Teller fallen, um anschließend wie hunderte gelbe Sterne im Raum zu schweben.

Als das Musikstück endete, sammelten sie sich wieder am Korbrand und tauchten eine nach der anderen ab. Nur die Letzte blieb sitzen. Bevor sie ebenfalls summend im Korb verschwand, drehte sie noch ihre Ehrenrunde um Hans' Kopf.

Dieser nickte. »Danke, Susi, das war wunderscheen!«

Dann verschwand auch sie mit einem »Sssss« in ihrer Behausung.

Lotte war zunächst so verzaubert, dass sie immer noch keine Worte fand, was sehr außergewöhnlich für sie war. Doch dann brach es aus ihr heraus: »Wie hasd du das 'nn gemoachd? Das gibd es doch goa' ni'!«

»Ach, Lodde, ich freu mich ja soo, dass es dir gefall'n had! Wie ich das gemoachd hab'? Die Bien' hamm das gemoachd, ni' ich.«

»Abor – das sinn Bien' un' keene Diere, die moar dressieren kann!«

»Das stimmd schon. Abor die mööchen Musigg wie wir. Und sie hadden dor ooch Spaß beim Danzen, nich? Gloubsde denn nich an den Weihnachdsmann?«, zwinkerte er seiner geliebten Frau zu, umarmte sie zärtlich, drückte ihr einen dicken Kuss auf den Mund und fragte sie wie am Tag, als er sie zum ersten Mal sah: »Darf ich bidden?«, denn die Musik-Anlage spielte inzwischen ihren Lieblingswalzer.

»Frohe Weihnachd'n, Lodde!«

Tauben vergiften im Park

Dorothe Reimann

Herr Sumsbach saß jeden Tag auf derselben Bank im Park unter den Linden. Immer um die gleiche Uhrzeit, von zehn bis elf. Dort las er seine Zeitung, aß ein Wurstbrot und danach fütterte er die Tauben. Mit altbackenem Brot, welches er bei der Bäckerei Stulle kaufte. Danach ging er heim.

Sebastian Sumsbach war verheiratet, seit vierzig Jahren schon, und er mochte seine Frau. Liebe? Ja, natürlich. Früher einmal. Jetzt war es ein *Ich hab sie gerne und mag sie nicht allein lassen,* fand er.

Denn Frau Bärbel Sumsbach hatte Demenz. Schon seit einigen Jahren erinnerte sie sich nicht mehr gut an Dinge, verlor hier und da einen Schlüssel oder ihre Geldbörse und erkannte Menschen nicht, die ihr auf der Straße einen guten Tag wünschten.

Herr Sumsbach hatte das schon mitbekommen. Aber er dachte sich, mit Mitte Siebzig könne das schon mal passieren. Doch der Arzt, den sie zusammen aufsuchten, war da anderer Meinung. Er schickte sie weiter zu einem Facharzt, und Herr Sumsbach hätte wahrscheinlich kein Wort verstanden, wäre nicht ihre Tochter dabei gewesen, die angehende Medizinerin. Der Neurologe eröffnete ihnen, Bärbel habe Demenz. Und es sei fortgeschritten. Nicht reparabel. Es würde schlimmer werden.

Und mittlerweile war es schlimm. Bärbel Sumsbach erkannte fast niemanden mehr. Einzig ihren Mann, Sebastian.

Der Pflegedienst kam täglich mehrmals ins Haus, sie hatten eine Gesellschaft für Frau Sumsbach organisiert, die sie jeden Tag eine Stunde betreute, sodass Sebastian Sumsbach in den Park gehen konnte.

Weihnachten rückte näher. Schwer bepackte Menschen eilten durch den Park, schleppten Geschenke und Tüten und wirkten alles in allem sehr gehetzt. Das wunderte Herrn Sumsbach. Vielleicht täuschte ihn seine Erinnerung, gaukelte ihm Dinge vor, die es nicht gab, aber er war nie gehetzt gewesen. *Wobei*, dachte er, während er die Tauben fütterte, *vielleicht lag es auch daran, dass Bärbel alles organisiert hat. In diesem Jahr ist sie wohl nicht mehr dazu in der Lage.* Er würde alles erledigen müssen. Während Herr Sumsbach Brot zu den Tauben warf, ging er im Geiste durch, was nötig war, um ein schönes Weihnachten zu haben.

Eigentlich, so dachte er, *saß ich immer am Heiligen Abend auf dem Sessel vor dem Fernseher, ein Bier oder einen Wein in der Hand, irgendwann gab es Kartoffelsalat mit Würstchen, dann sangen wir, ich brummte mit, und die Kleine wurde beschenkt. Sollte ja nicht so schwer sein.* Er nickte den Tauben zu, die ihn anstarrten, stand auf und ging.

Morgen wollte er sich um alles kümmern. Morgen, am 23.12. Das würde gehen.

Die Dame vom Pflegedienst erwartete ihn schon, um ihm mitzuteilen, dass sie morgen erst gegen zwei kommen würde, sie habe noch einen Arzttermin. Da sie wusste, wie sehr Herr Sumsbach an seiner Stunde Freizeit genau von zehn bis elf hing, hatte sie mit einigem Widerstand gerechnet.

Doch er nickte nur, murmelte etwas von Vorbereitungen für Weihnachten und verabschiedete sie.

*

Am nächsten Tag stand Herr Sumsbach auf, weckte seine Frau und half ihr beim Anziehen. Sie saß auf einem Küchenstuhl und schaukelte hin und her, summte Kinderlieder, während er das Frühstück zubereitete.

»Bärbel?« Sie sah hoch, und er erkannte, sie hatte einen lichten Moment.

»Ja, Sebastian?«

»Morgen ist Heiligabend.« Er wartete. Wenn von ihr eine Reaktion käme, würde er weitersprechen, ansonsten konnte er sich die Mühe sparen.

»Weihnachten? Mit einem Tannenbaum? Du musst die Krippe vom Dachboden holen!«

Sie machte Anstalten, vom Stuhl aufzustehen. »Wo ist denn mein Gänsebräter? Ich muss Salzkartoffeln machen, zur Gans. Die mag Luise doch so gerne … Kommt sie denn heute, oder erst morgen?«

Sebastian Sumsbach wusste, sie befand sich in einem Film. Ihrem persönlichen Weihnachtsfilm, der sich tatsächlich jahrzehntelang immer wieder abgespult hatte, genau wie *Drei Haselnüsse für Aschenbrödel* oder *Der kleine Lord*. Dieser Film würde jetzt eine Weile laufen. Ein Glück.

»Was muss ich denn einkaufen, Bärbelchen? Du machst doch immer das Essen.«

»Natürlich mache ich das Essen!«, fauchte sie. »Und du hast noch keine Gans gekauft? Nicht, dass wir wieder so ein knochiges Vieh bekommen wie letztes Mal!«

Letztes Mal, das war vor etwa acht Jahren. Danach hatte es kein Weihnachtsfest mehr gegeben.

Ihre Tochter Luise zog aus, um zu studieren, und tauchte meistens erst nach Weihnachten auf. Dann gab es ein sogenanntes Nachweihnachten; der Tannenbaum, den Sebastian am liebsten nach drei Tagen fortgeräumt hätte, musste also stehenbleiben, manchmal bis Mitte Januar, und es gab eine Bescherung, Weihnachtslieder und Gänsebraten. Seitdem hasste Sebastian Vögel. Er hatte sie schon vorher nie gemocht, aber nun waren ihm alle Vögel zuwider.

»Ja, ja, ich werde eine Gans besorgen. Und einen Baum. Brauchen wir noch etwas?«

»Natürlich! Tausend Sachen! Ich schreibe dir einen Zettel!« Sie kramte in Schubladen und zog irgendwann triumphierend einen Stift und einen Block hervor. Den legte sie akkurat auf den Tisch und begann, wie wild darauf herum zu schreiben.

Herr Sumsbach unterbrach seine Frau nicht, sondern räumte um sie herum den Tisch ab, wusch das Geschirr und legte das Handtuch über die Heizung, als er mit dem Abtrocknen fertig war.

Dann drehte er sich zu ihr. Bärbel saß da und regte sich nicht. Den Stift in der rechten Hand, wie zum Schreiben erhoben, doch eingefroren in der Bewegung. »Bärbel?«

Keine Reaktion. Sebastian sah, dass es in ihrem Kopf ratterte. Und er ahnte, dass ihre Gedanken sich verknäuelt hatten. »Bärbel!« Seine Stimme wurde lauter.

Langsam, ganz langsam, kehrte ihr glasiger Blick zu ihm zurück. Sie blinzelte mehrfach und dann erkannte sie ihn. »Ach, Sebastian. Ich war allein, weißt du, und da wollten Männer herein!«

»Liebe Bärbel, ich bin doch da!«

Sie schien unsicher, sah sich mehrfach um, und er ging zu ihr und umarmte sie.

»Ich bin hier, meine Liebe.«

Plötzlich kippte ihre Stimmung um. »Wir haben keine Zeit für Küsschen hier und da, wir haben doch viel zu tun! Weihnachten!« Sie begann ein Weihnachtslied zu summen und reichte ihm mit Nachdruck den Zettel, den sie vorhin so eifrig beschrieben hatte. Es war keine lesbare Schrift mehr. Bei einigen Worten hatte sie noch den ein oder anderen Anfangsbuchstaben gemalt, der Rest bestand aus Strichlinien. Doch Herr Sumsbach nahm den Zettel und fragte: »Meinst du, das reicht?«

»Natürlich! Ein Kilo Kartoffeln, ein kleiner Sack Zwiebeln, ein Glas Rotkohl, Milch, Kaffee, die Gans, der Baum, Eis zum Nachtisch, Backpflaumen – ja, ich glaube, das muss reichen. Den Rest haben wir im Haus.«

Er widersprach nicht, obwohl sie seit einigen Jahren nur noch ein wenig Brot und Aufschnitt im Haus hatten, weil es *Essen auf Rädern* gab. Ganz im Gegenteil, Sebastian Sumsbach nickte zustimmend und versuchte, sich alles zu merken, was seine Frau gesagt hatte. Schließlich wollte er kochen. »Bärbel?«

»Ja?«

»Morgen ist Heiligabend. Da gibt es doch immer Kartoffelsalat und Würstchen. Soll ich dafür auch einkaufen?«

Jetzt hatte er sie überfordert, bemerkte er. Sie bekam wieder den glasigen Blick und wippte auf dem Stuhl hin und her. Luise hatte gesagt, das Wort dafür lautete Hospitalismus. Wie auch immer: Sie kippte geistig einfach weg. Der alte Herr kannte das schon, und so brachte er Bärbel ins Wohnzimmer, stellte den Fernseher auf ihrem Lieblingssender, drehte den Ton laut genug, dass sie gut hören konnte, aber so leise, dass er seine Frau hören konnte.

Dann setzte er sich in die Küche an den Tisch, las erst einmal die Zeitung, nachher würde er keine Zeit haben, sondern einkaufen gehen, und dachte dann über Kartoffelsalat mit Würstchen nach. Es sollte doch fertigen Kartoffelsalat geben, oder? Und es konnte nicht so schwer sein, Würstchen warm zu machen.

Es fehlte noch der Tannenbaum. Unten an der Ecke gab es einen Stand, der Tannenbäume verkaufte. *Gut.*

Die Zeit verrann und Sebastian wurde langsam unruhig. Er ging in das Wohnzimmer und beobachtete, in der Tür stehend, seine Frau, die dort saß und das Programm verfolgte, manchmal mit einem Lächeln im Gesicht, manchmal mit anderen Gesichtsausdrücken. So stand er da und sah einer Person zu, die einst seine Frau gewesen sein mochte.

Gegen zwei kam dann Frau Hebsbach vom Pflegedienst. Herr Sumsbach sprach nicht viel, er nahm eine Einkaufstasche und das Portemonnaie, fühlte in seiner Manteltasche nach dem Brot, welches er den Tauben geben wollte, und ging.

Im Park verweilte er nicht lange, streute den Tauben Brotkrümel hin, wartete nicht ab wie sonst, sondern ging schnurstracks weiter in den nächsten Supermarkt, um Kartoffelsalat und Würstchen zu kaufen. Wie schön, die Sachen, die er suchte, waren vorrätig. Alles, was seine Frau ihm aufgeschrieben hatte, brauchte er nicht kaufen. Sie würde es sowieso nicht merken. An der Ecke angekommen, war da der Stand mit den Weihnachtsbäumen. Herr Sumsbach erwarb einen mittelgroßen und hoffte, dass daheim noch Lametta und Kerzen lagerten. Zur Not auch die elektrischen, obwohl er ja Bienenwachskerzen bevorzugte.

Auf dem Rückweg spazierte er noch einmal kurz durch den Park. Die Bank, auf der er sonst saß, war besetzt. Ein junges Paar tauschte dort Zärtlichkeiten aus. Sumsbach sah mehrere Tauben, die krampfhaft versuchten, den Boden zu verlassen. Doch aus irgendeinem Grund torkelten sie herum und konnten nicht abheben.

Herr Sumsbach sah auf die Uhr. Sie zeigte kurz vor drei. Er nahm den Weihnachtsbaum unter den anderen Arm und beeilte sich, nach Hause zu kommen. Frau Hebsbach sollte nicht warten müssen.

»Ich bin daheim!«, rief er, als er zur Tür hereinkam. Bärbel kam nicht zu ihm, sie lag auf dem Sofa und schlief.

Frau Hebsbach grüßte ihn und meinte: »Sie war sehr aufgeregt, aber als ich sagte, Sie seien einkaufen für Weihnachten, beruhigte sie sich wieder, und wir haben über alte Zeiten geredet. Am Telefon liegt ein Zettel. Ihre Tochter hat angerufen.«

»Vielen Dank, Frau Hebsbach! Haben Sie an die Tabletten gedacht? Über Weihnachten brauchen Sie dann nicht extra kommen. Und der Pflegedienst auch nicht.«

»Ja, die Tabletten liegen in der Küche. Ich habe sie auch sortiert. Ich wünsche Ihnen ein schönes Weihnachtsfest, Herr Sumsbach.« Sie verabschiedete sich, die Tür ging, und sie verschwand.

Sebastian leerte seine Manteltaschen. Den Rest des Brotes warf er in die Toilette, spülte sorgfältig, wusch sich die Hände und holte dann den Baum ins Wohnzimmer. Der freundliche Verkäufer hatte ihm einen einfachen Christbaumständer dazugegeben, für wenig Geld. Herr Sumsbach wusste zwar, wo der Karton mit der Krippe stand und auch wo der Baumschmuck lag, aber er hatte keine Lust, den Baumständer zu suchen, von dem er wusste, dass er existierte, der sich aber dennoch jedes Jahr wieder versteckte.

Als alles erledigt war, weckte er seine Frau, die wie ein Kind schlief, obwohl er fluchend direkt neben ihr den Baum aufgebaut und geschmückt hatte. Sebastian kämpfte mit verwickelten Lichterketten, verteilte das Lametta irgendwie und befand schließlich, es sei genug. Danach dauerte es mindestens genauso lange, die Krippe aufzustellen, und irgendwann war es auch Zeit für das Abendbrot.

Bärbel brauchte lange, um wach zu werden, und noch länger, um die Veränderungen um sich her zu sortieren. Verarbeiten konnte sie diese nicht. Aber er hatte sein Bestes gegeben.

Den Abend verbrachten sie damit, am Tannenbaum zu sitzen und sich Geschichten zu erzählen, wahre, erfundene. Bärbel erzählte von einer fiktiven Vergangenheit, in der Sebastian zwar vorkam, an die er sich aber stellenweise so gar nicht erinnern konnte. Dann brachte er seine Frau zu Bett.

Sebastian bereitete alles für den nächsten Tag vor. Er würde mit Bärbel spazieren gehen. Es war kalt, fast null Grad, aber dennoch sonnig. Und das würde ihr gefallen. Vielleicht waren auf dem See schon die ersten Eisläufer, das mochte sie auch. Dann würden sie zurückkehren und die heilige, die stille Nacht bräche an.

Er holte ihren Wintermantel heraus, den schönen Schal aus Mohairwolle und die passenden Handschuhe, seinen Mantel und Schal, und dann legte er sich auf die Couch. Eigentlich wollte er noch fernsehen, aber die Erschöpfung ließ ihn sofort einschlafen.

»Sebastian!«

Er hörte ihren Schrei und stand sofort senkrecht.

»Sebastian!«

Keine zwei Atemzüge später stand er an ihrem Bett. Es war leer. Sebastian eilte ins Badezimmer, doch auch dort fand er sie nicht. In der Küche? Nein. Da blieb nur die Abstellkammer. Aber auch hier: Leere.

»Sebastian!« Der Mann drehte sich einmal um sich selbst und sein Blick fiel auf die offene Wohnungstür.

»Bärbel!« Er hatte vergessen, die Tür abzuschließen! Sie war aufgestanden und in das Treppenhaus gelaufen! Der Alte erzitterte vor Angst, sie könne sich etwas getan haben, und zögerte, ihr in den Flur zu folgen.

»Sebastian! Mein lieber ...« Der Ruf wurde leiser, unsicherer.

Nun hielt es Herrn Sumsbach nicht länger. Er ertastete den Lichtschalter und sofort flackerte das Neonlicht auf. Bärbel stand im Nachthemd am zweiten Treppenabsatz und sah ihn an. Noch einen Schritt weiter und sie wäre die mindestens sechs Meter lange Treppe hinuntergestürzt. Langsam ging er auf seine Frau zu, nahm ihre Hand, zog sie vom Absatz weg und führte sie zurück in die Wohnung. Dort angekommen, legte Sebastian sofort die Kette vor die Wohnungstür, und schloss zweimal um. Erst dann drehte er sich zu Bärbel, um zu sehen, ob sie sich nichts getan hatte. Doch abgesehen davon, dass sie vor Kälte zitterte, fehlte ihr nichts.

»Ich hatte Angst. Du warst nicht da. Und ich habe sie wieder sprechen hören. Sie wollen herein.«

»Ja, Bärbel. Ich bin im Wohnzimmer eingeschlafen. Niemand kommt hier herein. Ich bin ja da. Komm, gehen wir zu Bett!«

»Ich mag nicht schlafen!« Sie wurde wie ein Kleinkind und zerrte an seiner Hand. »Gehen wir spielen!«

Sebastian ließ sich von ihr in die Stube ziehen.

»Schau nur, Sebastian, ein Weihnachtsbaum! Da hat jemand einen Weihnachtsbaum hingestellt! Mit Lichtern! Und sogar mit der Krippe!« Sie lachte, klatschte in die Hände und freute sich wie ein kleines Mädchen.

Sebastian musste lächeln. Bärbel war glücklich, und das freute ihn. Er setzte sich mit ihr auf die Couch und beobachtete schweigend, wie sehr sie sich freute, hier ein Teil in der Krippe zu erkennen glaubte, und dort ein Licht bewunderte. Herr Sumsbach nahm eine Decke und wickelte seine Frau ein, die leise in sich hineinlachte, und ihm ständig neue Dinge zeigte, die sie entdeckt hatte.

Nach einer Weile lehnte sie sich an ihn, flüsterte so etwas wie »Papa, ich hab dich lieb«, und schlief ein. Sebastian lehnte sich zurück, atmete ein und aus und sank ebenfalls in einen leichten Dämmerschlaf, aus dem ihn erst das Klingeln an der Tür weckte. Er löste sich aus Bärbels Umarmung und brachte sie in eine liegende Position. Dann ging er die Tür öffnen.

»Papa, du hast schon wieder die Kette vorgelegt! Wie soll ich denn hineinkommen?« Es war Luise.

Warum? Sie wollte doch Weihnachten nicht kommen, das hatte sie ihm schon vor Wochen gesagt.

Auf dem Weg zur Tür erblickte Sebastian den Zettel, der beim Telefon lag: *Ihre Tochter Luise kommt an Heiligabend,* stand dort in der klaren Handschrift von Frau Hebsbach.

Das hatte er übersehen. Nun, es war, wie es war. Sebastian Sumsbach öffnete die Tür. Dort stand Luise, wie immer schick gekleidet und geschminkt, mit einer kleinen Reisetasche und einer Tüte mit Geschenken.

»Hallo Papa! Hat Frau Hebsbach dir nicht ausgerichtet, dass ich kommen wollte?« Sie umarmte ihn kurz und ging dann an ihm vorbei in die Küche.

»Wo ist sie?«

Seit einiger Zeit nannte Luise ihre Mutter nicht mehr beim Vornamen, geschweige denn, dass sie sie Mama nannte. Sebastian hatte den Eindruck, seine Tochter behandelte ihre Mutter wie ein – Ding. Genau! Ein Ding, welches irgendwann einmal ein Mensch gewesen sein mochte, es aber nicht mehr war. Das machte ihn wütend, richtig wütend, und er wollte schon anheben, um etwas zu sagen, als ihm seine eigenen Gedankengänge von gestern einfielen. *Waren diese denn so anders?*

Ja, beschloss er für sich. Ja! Das waren sie. Seine Bärbel befand sich immer noch da drin. In diesem Menschen, der, klein und dürr, nicht mehr richtig essen wollte, und der irgendwann auch ihn nicht mehr erkennen würde. Aber sie war da drin. Das wusste er mit Sicherheit. Und genau diese Sicherheit ermöglichte es Herrn Sumsbach, genau das Gegenteil von dem zu tun, was er geplant hatte.

»Deine Mutter ist im Wohnzimmer, Luise. Ich freue mich, dass du da bist. Geh ruhig schon hinüber, ich komme sofort! Lass mich kurz Kaffee aufsetzen!«

»Wie geht es ihr?«

»Ob Bärbel dich erkennen wird? Ich weiß es nicht. Aber sie ist ...«

»Ja, ich weiß! Du brauchst es nicht wiederholen. Ich gehe schon!«

Luise stiefelte aus der Küche hinaus ins Wohnzimmer und Sebastian hörte sie sprechen, während er die Kaffeemaschine befüllte und anschaltete, anschließend den Wasserkessel auf den Herd stellte und Tassen herausstellte. Bärbel und er tranken keinen Kaffee. Aber für Luise hatten sie sich extra eine Kaffeemaschine angeschafft.

»Wie geht es dir heute?«, fragte Luise.

Bärbel war erst vor einigen Minuten aufgewacht und noch nicht beieinander. So starrte sie Luise mit großen Augen an und drückte sich in die Sofaecke wie ein kleines ängstliches Tier. Das erkannte Sebastian mit einem Blick, als er eintrat, um die Tassen auf dem Tisch zu stellen. Schnell ging er zu Bärbel und nahm sie in den Arm.

»Liebes, schau, Luise ist da! Meinst du, wir wollen dich anziehen, und dann trinken wir Kaffee?«

Bärbel, eingeschüchtert, nickte nur. Sebastian stand auf, nahm seine Frau an die Hand und verließ den Raum.

Im Hinausgehen bat er Luise, schon einmal Kaffee einzuschenken. Sie nickte hölzern. Sebastian wusste nicht, was sie dachte. Schon lange nicht mehr. Er wusste nur, was gut für Bärbel war.

Er sprach mit ihr, während er sie anzog. Dass Luise da sei, dass sie so schöne Weihnachten zusammen haben würden, und alles gut sei. Kurz darauf kehrten sie in das Wohnzimmer zurück, wo die Tochter schon am Tisch Platz genommen und sich Kaffee eingeschenkt hatte. Sebastian half seiner Frau, sich an den Tisch zu setzen und schob ihren Stuhl näher heran. Dann sah er sich um. »Oh, Luise, es fehlt Milch! Ich hole sie schnell.«

Ehe seine Tochter etwas sagen konnte, ging er zurück in die Küche. Im Kühlschrank stand die Milch in einer kleinen Kanne, die er herausnahm. Daneben befand sich der Kartoffelsalat, den er präpariert hatte, um seinen Plan durchzuführen. Was nun? Er haderte mit sich, spielte im Kopf alles noch einmal durch und entschied sich schließlich für eine der Möglichkeiten. Die Tauben im Park flogen durch seine Gedanken. Beziehungsweise ihr Tod. Lange hatte er gebraucht, um herauszufinden, welche Dosis tödlich war. Rattengift schmeckte man im Kartoffelsalat nicht. Aber in Milch.

Sebastian nahm das Milchkännchen und kehrte ins Wohnzimmer zurück. Luise wirkte gelangweilt. Sie betrachtete ihre Mutter mit einem, wie Sebastian fand, abschätzenden Blick, dem medizinischen Blick. Wie hatte ihre Situation sich geändert, seit sie sich das letzte Mal gesehen hatten? War die nächste Stufe der Demenz schon erreicht? Sollte sie vielleicht dafür sorgen, dass Bärbel in ein Heim kam? Und er, Sebastian, gleich mit? Sebastian wurde wütend, er merkte es selbst, denn er hatte die Hand so fest um die Milchkanne geschlossen, dass seine Knöchel hervortraten. Und doch ließ er sich nichts anmerken, stellte mit einem Lächeln auf den Lippen das Milchkännchen auf den Tisch und nahm Platz.

»Leider habe ich keinen Kuchen, Luise. Aber nachher können wir zusammen essen. Es gibt Kartoffelsalat und Würstchen.«

»Oh, danke, aber ich muss wirklich beizeiten wieder los ...« Luise hob abwehrend die Hände, als Bärbel ihre halbvolle Tasse umstieß und in Gelächter ausbrach.

»Kartoffelsalat! Würstchen!«, jubelte sie.

»Ja«, nickte Sebastian. »Bald gibt es Würstchen!«

»Ich will aber jetzt Würstchen!« Bärbel verzog ihr Gesicht, als wolle sie weinen. Dann schmollte sie jedoch.

Luise seufzte, stand auf, um ein Tuch zu finden, damit sie den Tee aufwischen konnte.

Sebastian blieb am Tisch sitzen und dachte nach. Das war einer der Gründe, warum er keine Dauerbetreuung für Bärbel gewollt hatte. An Pflegepersonal mangelte es nicht. Deutsche, polnische oder ukrainische Pflegerinnen hatten sich binnen eines Jahres die Klinke in die Hand gegeben. Doch sie alle missbrauchten ihre Befugnis, einige mehr, andere weniger. Sie wurden zickig, kurz angebunden. Sebastian hatte eine Dame dabei erwischt, wie sie Bärbel an das Bett fesseln wollte, damit diese nicht umherwanderte. Doch das war zum Glück vorbei.

Er sah zu Bärbel. Sie sang leise vor sich hin. Er konnte nicht verstehen, was sie sang, doch die Melodie kam ihm bekannt vor.

»Darf ich dich kurz allein lassen, meine Liebe? Ich muss zu Luise in die Küche.«

Sie nickte, und er ging.

»Luise, die Putzlappen sind dort, in der Anrichte.«

Sie drehte sich schnell um und schob eine Schublade zu. In ihren Augen meinte er, Schuldbewusstsein zu erkennen. Vielleicht irrte er sich aber auch.

»Papa, das wird nicht mehr lange gut gehen. Und das weißt du auch, oder? Sie muss in ein Heim! Du kannst das nicht mehr allein.«

»Sagst du.«

»Ja, sage ich. Sieh sie dir an! Ihre Stimmung ändert sich von Minute zu Minute. Und ich bin sicher, sie ist oft unterwegs. Läuft weg, nicht wahr? Und? Ist sie schon aggressiv?« Sie kam immer näher, stand schließlich direkt vor Sebastian, der sich vor dem Schrank wiederfand, ohne eine Möglichkeit, auszuweichen.

»Luise! Du bedrängst mich!«

Sie wich zurück. »Entschuldige, Papa! Ich will nur nicht, dass es dir schlecht geht. Und ihr.«

Sebastian atmete mehrmals ein und aus.

»Ich verstehe das«, log er, und es fiel ihm nicht leicht. »Komm, ich mache schnell die Würstchen warm, wir essen nett, und dann feiern wir ein schönes Heiligabend! Im nächsten Jahr kommst du vorbei, und wir werden uns unterhalten, gut?«

Sie nickte. Widerstrebend, aber sie nickte.

Sebastian holte den Kartoffelsalat aus dem Kühlschrank, stellte einen Topf auf den Herd und gab die Würstchen mitsamt des Wurstwassers hinein. Dann eilte er kurz zum Telefon, wählte die Kurzwahl des Pflegedienstes und bestellte diesen für morgen früh. Den Kartoffelsalat verteilte er auf drei Teller, dekorierte alle mit Petersilie und legte auf jeden der Teller zwei Würstchen. Das alles brachte er mit einem Tablett zum Esstisch.

Bärbel, die in der Zwischenzeit kein einziges Wort gesprochen hatte, klatschte in die Hände.

»Oh, Würstchen! Und Kartoffelsalat!«

Luise zwang sich zu einem Lächeln.

»Ja, Kartoffelsalat! Einen guten Appetit wünsche ich euch, und frohe Weihnachten!«

Sebastian nickte und nahm eine große Gabel voll Kartoffelsalat, führte sie aber nur zum Mund und aß nicht. Er beobachtete, wie Luise den Salat mit wenig Grazie in sich hineinstopfte. *Normalerweise speist sie wohl gesitteter,* dachte er, *aber sie hat es wohl eilig und will gehen.* Sebastian sah zu Bärbel. Diese zeigte auf ihren Teller, sagte jedoch nichts, sondern bewegte nur den Mund. Er hatte ab jetzt etwa drei Minuten.

Luise futterte. Und ihre Würstchen lagen unberührt auf dem Teller. Sebastian wusste, sie würde sie ganz zuletzt essen. Das hatte sie als Kind und Jugendliche schon gemacht und dabei behauptet, das sei das Beste an Weihnachten.

Bärbel zuckte. Jetzt würde es losgehen. Auf die Minute genau. Ihre Aversion gegen Petersilie im Essen war so groß, dass sie damit nicht fertig werden konnte, geschweige denn ihr bereits geschädigtes Gehirn. Sie begann zu schreien. Laut und wahnsinnig hoch. Eine Geräuschkulisse, die jeden in den Wahnsinn trieb.

Er sprang auf, lief zu ihr und versuchte, sie zu beruhigen. »Liebes, Bärbelchen! Hör doch!«

Keine Reaktion. Auch Luise war mittlerweile aufgesprungen und bemühte sich, irgendetwas zu tun. »Papa! Mach, dass sie aufhört!«

»Ich versuche es doch!« In sanfterem Tonfall, zu seiner Frau gewandt, sagte er: »Bärbel, meine Liebe! So hör doch! Soll ich dir etwas anderes zu essen holen? Brot mit Würstchen?«

Er nahm ihr Gesicht zwischen die Hände und sah sie an. »Ich hole dir Brot, ja?«

Hinter sich hörte er plötzlich Luise hektisch nach Luft schnappen.

Er sah seine Frau weiter an. »Bärbel, höre mir zu! Wir essen jetzt. Ich esse Kartoffelsalat und du bekommst Würstchen und Brot. Ich nehme die Petersilie weg, ich bringe sie in die Küche. Gleich bin ich wieder da.«

Sebastian nahm den Teller seiner Frau und ging an Luise vorbei, die mittlerweile am Boden lag, sich vor Schmerzen windend, keuchend. Er tauschte den Teller mit dem Salat gegen zwei Scheiben Brot aus, zu denen er die Würstchen legte, und kehrte zurück.

Luise, gekrümmt auf dem Boden liegend, starrte ihn an. Sie hustete, brachte jedoch keinen Ton über die Lippen. Eine gute Dosis.

»Hier, meine liebe Bärbel. Für dich. Ich liebe dich, weißt du? Ich habe dich immer geliebt. Und das werde ich auch immer tun.«

Sebastian stellte den Teller auf den Tisch und seine Frau fiel heißhungrig darüber her, sich überhaupt nicht um Luise kümmernd, die auf dem Boden liegend langsam starb.

Er nahm Platz und ließ sich den Kartoffelsalat schmecken. Langsam aß er Bissen für Bissen, genoss die Wurst, und als er in seinem Leib die Schmerzen spürte, versuchte er, sie gelassen zu nehmen.

»Ich liebe dich, Bärbel.«

»Sebastian?«

»Sag, dass du mich liebst, Bärbel!«

»Sebastian? Warum? Was machst du auf dem Boden?«

»Es … Es ist ein Spiel, Bärbel … Komm, leg dich zu mir!«

Sie legte sich neben ihren Mann.

»Sebastian?«

»Mh …«

»Ich liebe dich!«

Dieser Dreckskerl!

A. E. Eiserlo

Mit schnellen Schritten verließ ich die Arztpraxis. Ein unendliches Glücksgefühl tobte in mir, da sich mein geheimer Verdacht wegen der Schwindelanfälle nicht bestätigt hatte: Im Kopf befand sich kein Tumor! Die Diagnose des Arztes hatte mich nicht nur von der Angst eines baldigen Todes befreit, sondern mir ein Geschenk gemacht. Eines, das größer nicht sein konnte! Mein Lächeln im Gesicht ging gar nicht wieder weg, sondern saß fest wie aus Stein gemeißelt. Alles in meinem Inneren war in Aufruhr, das Herz pochte wild vor Freude, während das Bedürfnis zu tanzen mich überfiel.

Als ich das Handy in der Tasche suchte, war es nicht aufzufinden. »Mist! Mal wieder vergessen!«, fluchte ich. Jetzt konnte ich Tom nicht anrufen, um mit ihm die Freude zu teilen. Sein größter Wunsch würde in Erfüllung gehen! Aber wahrscheinlich störte der Anruf ihn sowieso, weil er wieder irgendein wichtiges Meeting hatte und unabkömmlich war. Zur Feier des Tages erwarb ich in einem Fischladen sechs riesige Gambas aus Wildfang, beim Metzger daneben Rinderfilets. *Surf and Turf,* Toms Lieblingsessen!

Summend ging ich um die Ecke und erstarrte. Auf einem gegenüberliegenden Parkplatz stand Tom, den Arm um die Taille einer heißen langhaarigen Blondine gelegt, eine Hand auf ihrem Hintern. Die beiden lachten miteinander, wirkten vertraut und verliebt. Schnell drückte ich mich in einen Hauseingang, versuchte gleichzeitig, den Atem zu beruhigen. Mein

Herz flatterte unruhig in der Brust, und ich keuchte. Eiswasser floss durch meine Adern, gleichzeitig setzte das Denken aus. Ein Abgrund tat sich auf, ebenso dunkel wie tief. Tränen schossen in die Augen, ein Schluchzer entrang sich meiner Kehle. »Dieser miese Kerl! Geschworen hat er mir, dass es nie wieder vorkommt!«

Erst die charmante Kollegin, dann die junge Praktikantin, jetzt dieses langbeinige Weib mit Minirock und High Heels. Klischee Barbiepuppe! Als mein Blick an mir hinunterglitt, fühlte ich mich noch elender: verwaschene Jeans, Sneakers, T-Shirt. Wow – echt sexy!

»Verdammt!« Meine Trauer schlug unerwartet in Wut um. Ein Vulkan brach im Bauch aus, heiße Lava ergoss sich in den Körper und verglühte mein Inneres.

Zärtlich strich die Blondine Tom eine Haarsträhne aus der Stirn, presste dann ihren Körper eng an den seinen. Die beiden schlenderten in iniger Umarmung Richtung Altstadt.

Ich verließ die Deckung, um ihnen zu folgen. Wie so ein erbärmlicher Stalker! Was sollte ich tun? Die zwei jetzt gleich zur Rede stellen? Mir wurde übel bei dem Gedanken, dass sie mir Arm in Arm gegenüberständen, während ich allein und verloren auf der anderen Seite wäre. Mir zitterten die Hände, gleichzeitig begann mein Körper zu schwitzen. Nein, ich war dem nicht gewachsen! Ich liebte Tom, er war von Anfang an der Mann gewesen, mit dem ich alt werden wollte. Für den nächsten Sommer war unsere Hochzeit geplant – obwohl er mich immer wieder betrog. Doch jetzt war die Situation eine andere!

Liebevoll legte ich die Hände auf den Bauch, der sich noch genauso flach anfühlte wie immer. Dennoch war etwas unbemerkt passiert: Ich war im dritten Monat schwanger! Endlich schwanger nach all den Jahren des Wartens!

Aber sollte dieser notorische Fremdgänger gemeinsam mit mir das Baby großziehen? Nein! Auch wenn dadurch der ganze Lebensplan zerbrach, jetzt reichte es! Tom sollte aus meinem Leben verschwinden, denn das Baby brauchte Beständigkeit! In diesem Moment entschloss ich mich, dieses heißersehnte Kind allein großzuziehen. Ohne diesen Typen, auf den ich mich sowieso nicht verlassen konnte! So einen Vater benötigte das Baby nicht. Der Gedanke an das Kind, das in mir wuchs, ließ zaghaft die alte Stärke zurückkehren. Schon viel eher hätte ich der Wahrheit ins Auge sehen müssen, doch mein Herz legte immer wieder den Verstand lahm. Wahrheit kann unerträglich sein!

»Mein Baby«, flüsterte ich, während ich mir die Augen trocknete. Der Schmerz über den Betrug quälte mich weiterhin, aber die Freude über das Kind kämpfte sich zurück an die Oberfläche. Ein letzter, endgültiger Blick galt dem verliebten Paar, dann drehte ich mich um und ging zurück nach Hause. »Dreckskerl!«, stieß ich hervor und wagte die ersten zaghaften Schritte in ein neues Leben – ohne Tom.

www.küssjetztdiebraut.de

Micaela Daschek

Marianne verzog angewidert das Gesicht. »Weiß, in deinem Alter! Ziemt sich da nicht was Dezenteres? Ein dunkelblauer Hosenanzug zum Beispiel oder …«

Ramona verzog bockig das Gesicht. »Was heißt denn – Alter? Ich bin 55, topfit und war bisher niemals verheiratet! Wenn Kurt schon wegen seiner verdammten Bandscheibe nicht wie Richard Gere in Pretty Woman auf einem Schimmel angeritten kommt, will ich wenigstens in Weiß vor den Altar treten, zumal ich …«

Marianne sah sich veranlasst, auch heute nicht über Kurt abzulästern, obwohl sie es gar zu gern getan hätte. Über Kurt, den pedantischen Finanzsachbearbeiter. Kurt, den Filzpantoffelträger. Kurt, der nach der Uhr lebte. Mit ihm wurde pünktlich um 6, 12, 15 und 18 Uhr gegessen. Stattdessen fragte sie: »Zumal?«, und rollte theatralisch mit ihren großen Augen.

»Ich Jungfrau bin …!«

»Ha, ha. Der ist gut! Du und eine … Jungfrau. Sicher doch! Dann werde ich aber morgen Papst, hi, hi …«

»Sternzeichen Jungfrau, jawohl!«

»Ah! – Ach so. Und du meinst, das zählt?«

»Warum denn nicht?«

»Gut, alles klar. Was stellst du dir genau vor?«

Das war Ramonas Stichwort. »Also, schau her!«, forderte sie und tippte auf eine Sonderausgabe einer Zeitschrift für

Nähmode, in der man Schnittmuster und Stoffe für Braut-
kleider zu erschwinglichen Preisen anpries. »Siehst du? Genau
nach meinem Geschmack! So ein Kleid in eleganter A-Linie
mit atemberaubendem Ausschnitt möchte ich«, meinte die
Rubensfrau und untermalte ihre Worte mit einer frivolen
Handgeste, die von ihren üppigen Brüsten herab in Richtung
Taille, zu Po und Oberschenkel führte, als sei sie ein Model
mit den Optimalmaßen 90-60-90.

Marianne nickte. »Ok, Schätzelein. Du willst, dass deinem
Liebsten der Mund vor Begeisterung offen stehen bleibt, dass
er *oh là là* ruft?«

»Ähm, sicher!«

»Dann vertrau mir! Ich kenne ihn zwar nicht, deinen Kurt,
aber so ein MANN mit Anfang 60 will doch keine Braut, die
sich in einen billigen Fummel wirft, um dann den ganzen Tag
darin eingemeißelt zu sein. Er will seine Angebetete, die für
ihn kocht, wäscht und bügelt, verwöhnen!«

»Moment, du tust ja gerade so, als sei ich von Kurt als
Hausmuttchen gebucht. Wir hatten auch schon ausgefallenen
Sex! Sex am Bootssteg, am Strand, im Garten … im Bett.«

»Hatten! Das erste Jahr, oder?«

»Hm.«

»Und jetzt?«

»Jetzt … koche ich in der Woche Eintopf, Bratkartoffeln
oder Königsberger Klopse, sonntags Rouladen mit Rotkraut
und Klößen.«

»Siehst du, das meine ich. Nach ein paar Jahren lässt alles
nach. Übrigens …, mit oder ohne Gurken?«

»Hä? – Ach so. Ohne natürlich! Kurt hasst Gurken. Ich
nehme lieber Speck und Kabanossi als Füllung.«

»Ja-a, Speck und Würstchen sind was Feines!« Marianne sagte es, als würde sie selbst gern Rouladen essen, dabei ernährte sie sich schon mehr als fünf Jahre vegan. »Wenn du mich fragst, muss was Ausgefallenes her, was deine Kurven und das wunderbare Dekolleté unterstützt. Dann wird die Hochzeitsnacht ein Traum, und Kurt geht ab wie eine Rakete. Also, ich kenne da eine Seite im Internet …«, lockte Marianne die Freundin und zeigte auf ihren Laptop. »Bei www.küss-jetztdiebraut.de ist jede Menge *oh là là* drin, sage ich dir. Vom Ansteckring bis zur Limousine kannst du alles bequem vom heimischen Wohnzimmer aus bestellen. Na, wollen wir mal reingucken?«

»Und das viele Geld? Kurt steinigt mich, wenn …«

»Ach, Geld! Das macht Kurt bestimmt nichts aus, seine Ramona mal so richtig zu verwöhnen, zumal er davon ja auch was hat. Hi, hi …«

Gesagt, getan. Die beiden Damen vertieften sich in die On-line-Angebote der besagten Internet-Seite, und nach 3 Stunden ergab die Rechnung einen fünfstelligen Betrag. Marianne war zufrieden und Ramona in höchster Ekstase.

Am Tag der Trauung wartete Kurt vor dem Standesamt auf seine Braut.

Marianne traf früher ein und grüßte fröhlich den Bräutigam: »Hallo Kurt!«

»Du-u?«

»Ja, ich. Deine Ex-Verlobte!«

»Was machst du hier, willst du einen Skandal?«

»Ich? Nicht die Bohne! Ich bin Ramonas Brautjungfer und natürlich auf euer beider Wohl bedacht.«

»So?«

»So! Ich hoffe, deine Braut gefällt dir in ihrem Designer-Kleid mit Diadem, Diamant-Collier und passendem Ansteck-ring. Nur vom Feinsten, und alles für dich!«

Kurt standen die Schweißperlen auf der Stirn, aber da kam schon die Braut im schneeweißen Rolls-Royce vorgefahren. »Das stelle ich dir alles in Rechnung, darauf kannst du dich verlassen!«

Marianne lächelte. »Umgekehrt wird ein Schuh daraus! Ramona hat nämlich mit deiner goldenen Kreditkarte in mei-nem Internet-Shop genau jene Dinge gekauft, die ich damals für uns beide ausgesucht hatte, bevor du alles eine Woche vor der geplanten Hochzeit zurückgabst, weil es dir zu teuer war. Diese Option gewähre ich im Online-Handel nicht; all inklu-sive ist bei mir ohne Rückgaberecht. Und nun, mein lieber Geizkragen: Küss jetzt die Braut!«

Trau dich!

Tuula Schneider

»Puh, geschafft! Die Präsentation hat mich die letzten Nerven gekostet!« Mia wirft sich theatralisch auf den Stuhl. »Aber Hauptsache, der Kunde ist begeistert! Und – Trommelwirbel – der Etat fürs nächste Jahr ist unser!«

Ihre Arbeitskolleginnen Tanja, Steffi und Ellen sitzen schon beim Mittagessen in der kleinen Gartenwirtschaft. Sie johlen und klatschen begeistert.

»Uuuuund … Maik will uns zur Feier am Freitag einen Umtrunk spendieren.«

»Yeah! Dann muss das Budget ordentlich sein. Aber wo hast du unseren Zahlenjongleur denn eigentlich gelassen?«, fragt Steffi grinsend.

»Ach der!« Mia macht eine abwehrende Geste. »Ihr kennt ihn doch! Der wollte sofort die Mediendaten für die Anzeigenkampagne ausarbeiten.«

»Mal was anderes, macht eigentlich von euch jemand mit beim Wettbewerb dieser Großflächenwerbefirma aus Zürich?« Tanja wirft einen Blick über ihr Sandwich hinweg in die Runde.

»Mir ist noch keine Idee gekommen«, murmelt Mia.

Unschlüssiges Schulterzucken von Steffi.

Ellen trompetet: »Das ist doch nur wieder so ein Blödsinn! Ein Werbegag ist das, ein billiger Trick, um Kunden zu kriegen!«

»Ähm, du hast nicht vergessen, dass wir selbst in der Werbung arbeiten?«, erinnert Tanja sie lachend.

»Nun ja, wir sollten schon mitmachen, finde ich«, meint Mia. »Schließlich ist das auch Werbung für unsere Agentur! Das Siegerbild wird in Originalgröße geplottet!«

Tanja nickt. »Ok! Habt ihr morgen Nachmittag Zeit? Brainstorming! Dann gestalten wir gemeinsam was …, open end und Pizza …!«

»Au ja!«, stimmt Steffi begeistert zu. »Ich seh schon unseren Entwurf auf Hausbreite über alle 3 Stockwerke der Agentur. Das sind dann locker … hmmm … viele Meter!«

Ellen rümpft die Nase. »Ich bin noch an der Broschüre für *Brautmoden Edel & Co.*«

»Du, da ist der Präsentationstermin doch erst nächste Woche. Das schaffst du locker!«, beruhigt Tanja. »Aber was ich dich, Mia, schon lange fragen wollte: Sag mal, wann heiratet ihr eigentlich? Ihr seid doch jetzt auch schon einige Jahre zusammen! Das wird langsam Zeit.«

Mia verzieht das Gesicht. »Nun ja, ich warte noch auf den ultimativen Antrag«, gesteht sie. »Ich möchte mit einem kreativen Heiratsantrag überrascht werden!«

»Weiß Maik das?«

»Ja, schon …«

»Maik und kreativ? Mädel, echt! Was erwartest du von einem Account-Manager? Der hat nur die Kundenbudgets im Kopf. Zahlen, nichts als Zahlen! Und dazwischen schießt er unsere tollen Ideen ab, weil sie zu teuer sind und nicht in den Etat passen!«, mischt sich Ellen ein.

»Weiß nicht. Irgendwie hatte ich mir das halt so vorgestellt, so voll cool, irgendwas total Verrücktes, was Krasses eben«, seufzt Mia.

»Pah, was für ein Scheiß, selbst ist die Frau! Also echt, heutzutage wartet man doch nicht, bis der Mann mal in die Pötte kommt!«

»Ja, ja, unsere Ellen, direkt wie eh und je! Ich finde jedenfalls, ihr passt gut zusammen. Das würde die Traumhochzeit in der Basler Werbeszene werden«, schwärmt Steffi mit leuchtenden Augen.

»Na, wenn Mia auf Maik wartet, wird das nichts mehr in diesem Leben«, stichelt Ellen und winkt dem Kellner zu. Die Mittagspause ist zu Ende.

***

Ein halbes Jahr später sitzen Mia und Maik abends am Rheinufer.

»Ach übrigens, Maik, ich habe letzten Herbst am Wettbewerb von dieser Großflächenwerbefirma aus Zürich teilgenommen.«

»Ja, das weiß ich doch, wir …, also die Agentur …, haben aber leider nicht gewonnen. Obwohl ich euer Design wirklich genial fand! Das hätte sich gut auf unserer Bürofassade gemacht. Aber wahrscheinlich haben die Zürcher den Sarkasmus dahinter nicht verstanden. Ist auch kein Wunder! Höh, Höh, Höh … Kennst du …«

»Stopp! Nein …, ich will jetzt keinen Zürcher Witz hören!«, unterbricht ihn Mia schärfer als beabsichtigt und fährt schnell in sanfterem Tonfall fort. »Ich …, ähm …, ich mein, ich habe auch noch privat mitgemacht und den dritten Platz gewonnen. Am Freitag ist in Zürich die Vernissage der Bilder.

Und ich dachte … Nun, ich würde mich freuen, wenn du mich begleiten würdest.«

»Klar, mein Schatz! Wie großartig ist das denn! Jetzt hast du mich neugierig gemacht. Zeig mir morgen mal deine Idee!«

»Nein, das ist eine Überraschung, du wirst meinen Entwurf schon erkennen in der Ausstellung.«

**

Die Werbefirma hat keine Kosten gescheut. In einem Konferenzsaal des *Baur au Lac* stehen 20 großformatige Bilder auf Staffeleien. In der Mitte des Raumes ist ein üppiges Fingerfood-Buffet aufgebaut, und ein Kellner bietet Champagner an. Die Crème de la Crème der Schweizer Werbeszene hat sich eingefunden. Sehen und gesehen werden.

Maik lässt seine Augen über die ausgestellten Entwürfe wandern. Bei einem Bild stutzt er. Verblüfft wendet er sich Mia zu, die ihn erwartungsvoll angrinst. Maik packt sie, wirbelt mit ihr durch den Saal und ruft laut: »Jaaaaaaaaaa!«

Die umstehenden Gäste applaudieren frenetisch, derweil ein Mann mit einem großen Blumenstrauß herbeieilt und die herumlungernden Klatschspaltenjournalisten Bilder schießen.

Mias Vorschlag zieren pinkfarbene Rosen und mit kühner Handschrift steht in gewagtem Orange: *Maik! Trau dich! Heirate mich!*

Schneeweiß und Blutrot

Erik Huyoff

Hastig stieß Elias das Portal der kleinen Kirche auf und zog Lina mit sich. Aufmerksam sah er sich um, ergriff schließlich einen schweren Messingleuchter und flüsterte: »Vergib mir!«, bevor er damit die Pforte blockierte.

»Das wird sie nicht lange aufhalten!«, warf Lina ein.

Der junge Mann nickte. »Wir brauchen nur wenige Minuten.« Er blickte ihr tief in die eisblauen Augen. »Bereit?«

»Bereit, wenn du es bist«, hauchte sie.

Hand in Hand näherte sich das Paar dem Altar, als die Tür zur Sakristei aufflog und ein Priester ins Kirchenschiff stürmte, ein schweres Holzkreuz erhoben, als ob er sich damit verteidigen wolle.

»Da seid Ihr ja endlich, Pater!« Elias lächelte. »Traut uns bitte!«

»Was für eine Unverschämtheit!« Die Augen des Kirchenmannes blitzten zornig. »Was fällt Euch ein, meine Kirche zu stürmen, zu randalieren und ...«

»Pater ...«, Elias überwand die Distanz zwischen ihnen mit wenigen Schritten und hielt seine Hand vor dessen Gesicht, »erkennt Ihr diesen Ring?«

Überraschung spiegelte sich in den Zügen des Priesters wider, als dieser das unverwechselbare Wappen betrachtete. »Vergebt mir, Meister!«, flüsterte er. »Ich habe Euch nicht erwartet. Non nobis domine, non nobis ...«

»Dafür ist keine Zeit«, herrschte Elias den Pater an, »bereitet alles für die Trauung vor!« Mit einem Ruck griff er in seinen Rucksack und zog einen Umhang hervor, den er sich über die Schulter warf. Das letzte Sonnenlicht des Tages, das durch die Fenster der kleinen Bergkirche fiel, genügte gerade noch, um das blutrote Tatzenkreuz auf dem schneeweißen Stoff zu erkennen.

Nur Augenblicke später kniete Elias neben Lina vor dem Altar. Seine Liebe. Sein Leben. Ein Moment für die Ewigkeit. Verliebt blickte er sie an. Güte, Liebe und Weisheit spiegelten sich in ihren Zügen, die denen der altgriechischen Statuen glichen. Vorsichtig drückte er ihre Hand, und ein Lächeln legte sich auf ihr Antlitz.

Wenn er doch nur die Zeit anhalten könnte ... Seufzend bedeutete Elias dem Priester, fortzufahren.

»Wollen Sie, Elias d'Albret, die hier anwesende Lina von Magenheim zur Frau nehmen, in guten wie ...«

»Ja, ich will!«

Der Priester runzelte die Stirn. »Und wollen Sie, Lina von Magenheim ...«

»Ja, ich will!«

»Nun denn ...« Der Kirchenmann räusperte sich. »Dann erkläre ich Euch hiermit zu Mann und Frau.«

Freudestrahlend schloss Elias seine Frau in die Arme. Zögerlich fanden sich ihre Lippen. Der junge Templer verlor sich in dem Kuss. Die Zeit war ihm nun egal, viel zu lange hatte er auf diesen Moment warten müssen. Sekunden, Minuten, gefühlte Ewigkeiten vergingen, bis er sich mit Bedauern von seiner Braut löste.

»Komm!«, rief er lächelnd und wirbelte Lina durch die Luft. »Komm ...!«

Mit einem lauten Krachen flog das Portal auf und mehrere Männer drangen in das Kirchenschiff.

»Verdammt!«, fluchte Elias, sehr zur Missbilligung des Pastors. »Hätten sie nicht einige Minuten länger brauchen können?« Mit einem lauten Seufzer zog er ein Schwert. »Lina, geh mit dem Pastor, ich komme gleich nach!«

Mit erhobenem Schwert und wallendem Umhang stellte sich der Templer vor den Altar. »Wollt Ihr wirklich die Kirche entweihen?«, rief er den Männern entgegen, die sich rasch näherten.

»Elias, pass auf!«, schrie Lina.

Mündungsfeuer blitze auf. Mit einem Schrei warf sich Elias zur Seite, als eine Kugel an seinem Kopf vorbeizischte und in das Altargemälde einschlug. Wie hatte er übersehen können, dass die Männer gar keine Schwerter trugen? Rasch sprang er auf und hechtete zu seiner Frau, die mit dem Priester hinter dem Altar kauerte.

»Da geht wohl jemand nicht mit der Zeit?« Einer der Männer lachte. »Wie altmodisch, d'Albret. Schwerter! Seit einem halben Jahrtausend flieht Ihr schon vor Eurer gerechten Strafe. Es war nur eine Frage der Zeit, bis unser Zorn auch die Letzten eures jämmerlichen Ordens vom Antlitz der Erde fegen würde. Habt Ihr denn in all den Jahren nichts gelernt?«

»Die Sakristei«, flüsterte der Pastor. »Geht! Geht mit Gott!« Langsam stand er auf und griff nach der Altarkerze. Mit einem letzten Blick zu Elias entzündete er seinen Talar und stürmte auf die Männer zu.

»Los!« Elias ergriff Linas Hand und stürmte mit ihr auf die Tür zur Sakristei zu, während die Männer ihre Erstarrung ablegten und der dumpfe Klang von Schüssen die Luft erfüllte.

Ohne zurückzublicken stolperten die Fliehenden durch die Räume des Priesters, bis sie endlich den Ausgang fanden.

»Bitte, sei unverschlossen!«, flehte Elias und warf sich gegen die Tür, die unter seinem Gewicht sofort nachgab.

Mit wenigen Schritten erreichten sie den Helikopter. Während die Rotorblätter immer stärker an Fahrt gewannen, stürmten ihre Verfolger aus der Kirche. Mit Genugtuung stellte Elias fest, dass einer von ihnen schwerste Brandwunden an Händen und Gesicht hatte.

»Duck dich!«, schrie er Lina im Lärm der Rotoren zu, während sie vom Boden abhoben. Schnell gewannen sie an Höhe. »Geschafft!« Elias lächelte seine Frau an und warf ihr einen Kuss zu. »Auf nach Albret!«

Der Helikopter flog eine weite Rechtskurve, dem neuen Ziel entgegen, begleitet vom schwach-pulsierenden Licht eines Peilsenders am hinteren Rotor.

Die Schreibgruppe-Prosa

Wir sind die Schreibgruppe-Prosa! Eine Gruppe von jungen und gestandenen Autoren, die ihre Ziele ambitioniert mit voller Begeisterung umsetzt.

Wir betrachten uns nicht als Konkurrenz, sondern als Schwarm; als einen intelligenten Schwarm, der gemeinsam lernt, sich gegenseitig auf hohem Niveau hilft. Wir alle sind füreinander da und unterstützen uns. Wir arbeiten auf verschiedenen Ebenen miteinander. Jeder von uns trägt auf die eine oder andere Weise etwas bei, und das macht uns stark. Mut und Tun spielen bei uns eine große Rolle. Das Motto: Qualität, Regel, Konsequenz, Blickwinkel!

Das bedeutet im Klartext:
Die zielorientierte Förderung von Autoren bis zur Veröffentlichung und letztendlich zum Leser hin. Mit Leidenschaft, Mut und Spaß.

Wir bauen ein Netzwerk auf, das langfristig gesehen dafür sorgt, dass Selfpublishing salonfähig wird. Wir wollen Qualität! Wir wollen unseren Autoren die Möglichkeit geben, professionell zu produzieren. Wir wollen, dass die Autoren Mut haben und an sich glauben.

Wir wollen den Blick des Autors auf seine Texte schärfen, wollen ein Bewusstsein erzeugen für Handlungsstränge, Spannungsbögen und Stilistik, sodass jeder Einzelne am Ende souveräner und selbstsicherer schreiben kann, weil er sein Handwerkszeug beherrscht!

Die Zukunft liegt in unseren Händen. Lasst uns zupacken und gemeinsam unsere Ziele erreichen.

– Einführung in die Welt der Sprache und Geschichtenerzählpraxis
– Kreatives Schreiben auf Vorgabe durch Challenges
– Hilfestellungen bei Schreibproblemen
– Einblicke in die moderne Buchdistribution
– Hilfestellung zur Veröffentlichung
– Marketing
– Konstruktives Feedback geben und nehmen
– Keine Zensur

Die Portale der Schreibgruppe-Prosa:

Unsere Homepage:
www.schreibgruppe-prosa.de/

Unsere Facebookseiten:
Schreibgruppe-Prosa (Die Hauptgruppe)
www.facebook.com/groups/1689109791351232/

Es gibt ferner folgende Untergruppen:
Schreibgruppe-Prosa Lektoratsecke
Schreibgruppe-Prosa Werkstatt
Schreibgruppe-Prosa Erotisches Schreiben
Lesungen online – Portal der Schreibgruppe-Prosa
Schreibgruppe-Prosa Pausenhof
Schreibgruppe-Prosa Buchvorstellung
Literaturausschreibungen – Portal der Schreibgruppe-Prosa

Veröffentlichungen
der Schreibgruppe-Prosa:

Postkartengeschichten:
der Schreibgruppe-Prosa

**Als Taschenbuch nur 3,79€
E-Book 0,99€ und kostenlos bei
Kindle Unlimited**

Sie haben keine Zeit für ein ganzes Buch? Sie warten auf den Zug oder wollen vielleicht nur eine Station mit der U-Bahn fahren? Hier finden Sie die Geschichten für zwischendurch: Frauen werden heimlich zu Mörderinnen, fantastische Wesen in mystischen Welten richten Lustiges an. Dämonen, die schauerlich sind, Männer auf der Suche nach dem großen Abenteuer finden ihr Schicksal, Kinder entdecken ihre Fantasie.

Die unglaublich kreativen Autoren unserer Zeit entführen Sie in wundersame Reiche, mit überraschenden, turbulenten und atemberaubenden Geschichten in Länge einer Postkarte. Eine unverzichtbare Sammlung mit den Originalerzählungen von: A. E. Eiserlo, Alexander Grun, Angelika Dyllong, Aurea Drakona, Bernd Daschek, Carolin Emrich, Dorothe Reimann, Evelyn Kühne, Grete B., Ilse Campbell, J. B. Niedermayr, Katharina Rambeaud, Linda Marie Haupt, Manuela Efthimiadis, Marena Jovic, Marion Kreft, Mila EnWood, Rachel Holbach, Ray Yannick Allgaier, Sandra Karin Foltin und Tuula Schneider.

… und du bist tot!:
Stunden-Geschichten der
Schreibgruppe-Prosa

Als Taschenbuch nur 4,79€
E-Book 0,99€ und kostenlos bei
Kindle Unlimited

Was steckt hinter der makellosen Fassade des Nachbarn? Ist es immer der Butler? Unscharfe Messer, Ratten, leidgeprüfte Mütter, Kommissare wider Willen – ziehen Sie unaufhaltsam in ihren Bann. Dunkelste Abgründe jenseits von Gut oder Böse erwarten Sie hier und spielen mit Ihrer Fantasie, dass sich die Nackenhaare aufstellen. Diese Kurzgeschichten über den Tod, entführen Sie in grauenvolle Abgründe, aber hier und da, können Sie ein Schmunzeln nicht unterdrücken. Wo das pure Leben und das plötzliche Ableben nicht mehr voneinander getrennt werden können, entsteht Spannung.

Was schaffen ambitionierte Autoren in einer Stunde, wenn man ihnen Stichworte oder ein Thema vorgibt? Hervorragende Kurzgeschichten! In den regelmäßig stattfindenden Challenges der Schreibgruppe-Prosa zeigen sie es, immer wieder aufs Neue. Von: A. E. Eiserlo, Alexander Grun, Bernd Daschek, Claudia Wieland, Dorothe Reimann, Grete B., Ilka Sommer, J. B. Niedermayr, Manuela Efthimiadis, Micaela Daschek, Michael Nero, Mila EnWood, Nicole Weiche, Sam Freythakt, Sandra Karin Foltin und Tuula Schneider. Liebevoll illustriert von: Tuula Schneider, J. B. Niedermayr, Mila EnWood und Gideon Weißmann.

Älterwerden ist nicht schwer …: 24-Stunden-Geschichten der Schreibgruppe-Prosa

Als Taschenbuch nur 7,79€ E-Book 0,99€ und kostenlos bei Kindle Unlimited

Kommt Ihnen gerade die Erkenntnis: »Ich werde alt!« Lesen Sie dieses Buch und Sie fühlen sich garantiert wieder jung! »Wenn ich in den Spiegel schaue, sehe ich einen welkenden Körper. – Mein Kopf sagt mir, ich sei noch immer jung …« Ist das Werbeversprechen der ewigen Jugend die größte Lüge überhaupt, weil uns das Älterwerden erst zum Menschen macht? Dann wäre der Sprung in den Jungbrunnen ein Fehler, der einem die wichtigste Erfahrung nimmt.

Was schaffen ambitionierte Autoren in 24 Stunden? Hervorragende Kurzgeschichten! In den regelmäßig stattfindenden Challenges der Schreibgruppe-Prosa zeigen sie es – immer wieder aufs Neue. Leben, altern – ableben. Immer anders – jedes Mal eindrucksvoll! Lehnen Sie sich zurück! Ob allein oder zu zweit – genießen Sie mit einem Schmunzeln die abwechslungsreichen Geschichten rund ums Altern. Liebevoll illustriert von Tuula Schneider. Begleiten Sie 14 Autoren mit ihren neuen, beeindruckenden 22 Kurzgeschichten: A. E. Eiserlo, Alexander Grun, Bernd Daschek, Dorothe Reimann, Georg Britzkow, Grete B., Manuela Efthimiadis, Micaela Daschek, Patrizia Lavin, Peter Caprano, Rachel Holbach, Sam Freythakt, Sandra Karin Foltin und Tuula Schneider.

leben, lieben, leiden: Stunden-Geschichten der Schreibgruppe-Prosa

Als Taschenbuch nur 4,79€ E-Book 0,99€ und kostenlos bei Kindle Unlimited

Dieses Buch ist wie das Leben: bunt und immer wieder einzigartig. So alltäglich wie Stubenarrest, eine flotte Susi, russisches Roulette, Geschäftsmodelle oder eine Reifeprüfung im wahren Leben manchmal sind, so außergewöhnlich werden sie hier beschrieben. Entdecken Sie, welche Seiten es Ihnen zeigt und blättern Sie um! Eine ausgewogene, facettenreiche Auswahl an Geschichten erwartet Sie: gefüllt mit allem, was das Leben zu bieten hat. Manchmal absurd, mal voller Liebe, Lachen, zuweilen traurig und dennoch hoffnungsvoll.

Was schaffen ambitionierte Autoren in einer Stunde, wenn man ihnen Stichworte oder ein Thema vorgibt? Hervorragende Kurzgeschichten! In den regelmäßig stattfindenden Challenges der Schreibgruppe-Prosa zeigen sie es, immer wieder aufs Neue. Von: Angelika Dyllong, Bernd Daschek, Claudia Wieland, Dorothe Reimann, Georg Britzkow, Grete B., J. A. Heger, J. B. Niedermayr, Manuela Efthimiadis, Marion Kreft, Micaela Daschek, Mila EnWood, Nicole Weiche, Rachel Holbach, Sam Freythakt, Sandra Karin Foltin und Tuula Schneider.
Illustriert von: Tuula Schneider und J. B. Niedermayr.

Familienbande:
Stunden-Geschichten der
Schreibgruppe-Prosa

Als Taschenbuch nur 4,79€
E-Book 0,99€ und kostenlos bei
Kindle Unlimited

Sind Sie ein Familienmensch? Familie ist nicht immer nur ein Segen. Die einen lieben sie, die anderen töten sie. Was ist das Besondere am Zusammenhalt von Familienmitgliedern? Diese Kurzgeschichten über alle Arten von Familien zeigen mal schockierend, mal einfühlsam, ein anderes Mal humorvoll – so ist Familie! Wundern Sie sich nicht – ab und zu erkennen Sie sich wieder. Was schaffen ambitionierte Autoren in einer Stunde, wenn ihnen Stichworte oder ein Thema vorgegeben werden? Hervorragende Kurzgeschichten! In den regelmäßig stattfindenden Challenges der Schreibgruppe-Prosa zeigen sie es – immer wieder aufs Neue. Für ein unbeschwertes Lesevergnügen durchlaufen die Geschichten noch ein Lektorat und Korrektorat, damit das Motto der Schreibgruppe-Prosa: Alles für den Leser!, auch umgesetzt wird.

Lassen Sie sich überraschen und staunen Sie über das Ergebnis! Lesen Sie allein oder jemandem vor, genießen Sie mit einem Augenzwinkern die Anthologie für die ganze Familie, mit den 28 Originalerzählungen von: A. E. Eiserlo, Bernd Daschek, Claudia Wieland, Dorothe Reimann, Grete B., Ilka Sommer, J. B. Niedermayr, Marion Kreft, Micaela Daschek, Nicole Weiche, Rachel Holbach, Sam Freythakt, Sandra Karin Foltin, Sara Puland, Tuula Schneider

www.ingramcontent.com/pod-product-compliance
Lightning Source LLC
Chambersburg PA
CBHW030248130626
46549CB00002B/443